O ORÁCULO DO TEMPLO DA SELVA

Obras do autor lançadas pela Galera Record:

Série *Minecraft*
A invasão do mundo da superfície
Batalha pelo Nether
Enfrentando o dragão

Série O Mistério de Herobrine
Problemas na Vila Zumbi – Livro 1
O oráculo do templo da selva – Livro 2

MARK CHEVERTON

O ORÁCULO DO TEMPLO DA SELVA

O MISTÉRIO DE HEROBRINE – VOLUME II
LIVRO DOIS: UMA AVENTURA DE GAMEKNIGHT999

UMA AVENTURA NÃO OFICIAL DE MINECRAFT

Tradução
Ana Carolina Mesquita

1ª edição

GALERA
—*junior*—
RIO DE JANEIRO
2016

CIP-BRASIL. CATALOGAÇÃO NA PUBLICAÇÃO
SINDICATO NACIONAL DOS EDITORES DE LIVROS, RJ

Cheverton, Mark
C569o   O oráculo do templo da selva: O mistério de Herobrine,
livro 2 / Mark Cheverton; tradução Ana Carolina Mesquita.
– 1. ed. – Rio de Janeiro: Galera Record, 2016.
(Uma aventura não oficial de Minecraft)

Tradução de: The jungle temple oracle
ISBN 978-85-01-09327-1

1. Ficção juvenil americana. I. Mesquita, Ana Carolina.
II. Título. III. Série.

16-34966   CDD: 028.5
                                        CDU: 087.5

Título original:
The Jungle Temple Oracle

Copyright © Mark Cheverton, 2015
Minecraft® é marca registrada de Notch Development AB
The Minecraft game: Copyright © Mojang AB

Esta obra não foi autorizada ou patrocinada por Mojang AB, Notch Development
AB ou Scholastic Inc., nem por qualquer pessoa ou entidade que possua ou
controle os direitos do nome, da marca ou de copyrights de Minecraft.

Todos os direitos reservados.
Proibida a reprodução, no todo ou em parte, através de quaisquer meios.
Os direitos morais do autor foram assegurados.

Texto revisado segundo o novo Acordo Ortográfico da Língua Portuguesa.

Direitos exclusivos de publicação em língua portuguesa somente para o Brasil
adquiridos pela
EDITORA RECORD LTDA.
Rua Argentina, 171 – Rio de Janeiro, RJ – 20921-380 – Tel.: (21) 2585-2000,
que se reserva a propriedade literária desta tradução.

Impresso no Brasil
ISBN 978-85-01-09327-1

Seja um leitor preferencial Record.
Cadastre-se e receba informações sobre nossos
lançamentos e nossas promoções.

Atendimento e venda direta ao leitor:
mdireto@record.com.br ou (21) 2585-2002.

AGRADECIMENTOS

Eu gostaria de agradecer à minha família por seu constante apoio e compreensão da minha necessidade compulsiva de escrever às quatro da manhã, à noite e em cada minuto dos fins de semana. Sem seu suporte eu nunca teria conseguido escrever estes livros. Também gostaria de agradecer a Sara Klock por sempre estar animada e me apoiar desde o primeiro dia dessa aventura. Seu entusiasmo e sua energia eram contagiantes e muito bem-vindos.

Obrigado, também, às pessoas fantásticas da Skyhorse Publishing. Seu incansável trabalho é inspirador para mim e me faz continuar escrevendo, mesmo quando estou exausto.

Por fim, muito obrigado a todos os meus leitores. Realmente aprecio o fato de vocês terem adotado Gameknight999, Monet113, Construtor, Caçadora e Costureira como amigos em seus corações e imaginação. Continuem lendo, pois há mais aventuras a caminho... E fiquem de olho nos creepers.

O QUE É?

Minecraft é um jogo incrivelmente criativo, que pode ser jogado on-line com pessoas do mundo todo, em um grupo de amigos ou sozinho. É um game do tipo "sandbox", que dá ao usuário a habilidade de construir estruturas incríveis usando cubos texturizados de vários materiais: pedra, terra, areia, arenito... As leis normais da física não se aplicam, pois é possível criar estruturas que desafiem a gravidade ou dispensem suportes visíveis. Em seguida, vemos parte da Tardis que Gameknight criou no próprio servidor.

Crianças e adultos abraçaram o potencial criativo de Minecraft ao criar estruturas fabulosas no universo dos blocos. Um tópico popular ultimamente vem sendo a construção de réplicas de cidades inteiras. Jogadores já criaram cópias de Londres, de Manhattan, de Estocolmo e de toda a Dinamarca. Além disso, fanáticos por Minecraft construíram cidades imaginárias de seus programas de TV favoritos, como Porto Real e Winterfell, de *Guerra dos Tronos*, e as Minas Tirith, de *O Senhor dos Anéis*. A mais incrível de todas as cidades, entretanto, é provavelmente

Titan City: uma obra feita por um usuário, construída com 4,5 milhões de blocos... Uau!

Além de cidades, jogadores produziram diversas estruturas famosas. O Taj Mahal é um dos meus favoritos, mas também gosto da Catedral de Notre Dame e do Empire State Building. Para os fãs de *Jornada nas Estrelas*, há uma réplica da USS Enterprise (não a original L), além da Millennium Falcon e a Estrela da Morte do meu filme favorito. De fato, o vídeo em time-lapse da construção da Estrela da Morte é verdadeiramente inacreditável. Vários pedidos de casamento foram criados dentro de Minecraft. Não sei quantos foram bem-sucedidos, mas muitos dos vídeos foram vistos centenas de milhares de vezes. Ou seja, espero que as moças tenham dito sim, ou pode ter sido doloroso. Afinal de contas, o que acontece na internet fica lá — como dizem em Se Brincar o Bicho Morde — "PARA... SEM... PRE!"

O aspecto criativo do jogo é notável, mas meu modo favorito é o Sobrevivência. Lá, os usuários são jogados num mundo de blocos, levando nada além das roupas do corpo. Sabendo que a noite se aproxima rapidamente, eles precisam coletar matérias-primas: lenha, pedra, ferro etc., a fim de produzir ferramentas e armas para se proteger quando os monstros aparecerem. A noite é a hora dos monstros.

Para encontrar matérias-primas, o jogador precisa criar minas, escavando as profundezas de Minecraft na esperança de encontrar carvão e ferro, ambos necessários para se produzirem armas e armaduras de metal essenciais à sobrevivência. À medida que escavam, os usuários encontrarão cavernas, câmaras cheias de lava e, possivelmente, uma rara mina ou masmorra abandonadas, onde tesouros aguardam sua descoberta. O problema é que os corredores e as câmaras são patrulhados por monstros (zumbis, esqueletos e aranhas) que aguardam para atacar os desavisados.

Com as recentes adições ao jogo (coelhos são meus favoritos), muitas novidades estão disponíveis. Novos tipos de blocos ajudam a criar texturas mais luxuriantes e detalhadas no mundo digital, por exemplo. De interesse especial, porém, são o Monumento Oceânico e os Guardiões. Só os guerreiros mais poderosos tentarão derrotar o Guardião Antigo no modo Sobrevivência sem trapacear. Não sei se eu conseguiria, mas Gameknight999 com certeza, sim. Uma outra adição interessante à versão 1.8 foi a declaração no fim da lista da tela de login: Herobrine foi removido. Será que foi mesmo???

Mesmo que o mundo seja repleto de monstros, o jogador não está sozinho. Existem vastos servidores dos quais centenas de usuários jogam, todos compartilhando espaço e recursos com outras criaturas em Minecraft. Habitadas por NPCs (Non-Player Characters, ou personagens não jogáveis), aldeias se espalham pela superfície do mundo. Os aldeões perambulam de um lado ao outro, fazendo seja lá o que os aldeões fazem, com baús de tesouro — às vezes, fantásticos, às vezes, insignificantes — escondidos em suas casas. Ao falar com esses NPCs, é possível negociar itens para obter gemas raras ou matérias-primas para poções, assim como obter um arco ou uma espada ocasionalmente.

Esse jogo é uma plataforma incrível para indivíduos criativos que amam construir e arquitetar, mas que não se limita à mera criação de prédios. Com um material chamado "redstone", é possível produzir circuitos elétricos e usá-los para ativar pistões e outros dispositivos essenciais para a criação de máquinas complexas. Pessoas já inventaram tocadores de música, computadores de 8-bits completamente operacionais e minigames sofisticados (Cake Defense é o meu favorito) dentro de Minecraft, tudo usando redstone.

Com a introdução de blocos de comando na versão **1.4.2** e a recente inclusão de funções de *script* mais avançadas, como teleporte, programadores podem inventar muitos novos minigames, sendo Missile Wars um dos que mais gosto.

A beleza e a genialidade de Minecraft estão no fato de não ser apenas um jogo, mas um sistema operacional que permite aos usuários criar seus próprios games e se expressar de maneiras que não eram possíveis antes. A plataforma empoderou crianças de todas as idades e gêneros com as ferramentas necessárias para criar games, mapas e arenas de PvP (Player versus Player, jogador contra jogador). Minecraft é um jogo empolgante cheio de criatividade, batalhas de arrepiar e criaturas aterrorizantes. É uma tela de pintura em branco com possibilidades ilimitadas.

O que você é capaz de criar?

Só atravessamos o limite sutil entre a infância e a idade adulta quando passamos da voz passiva para a voz ativa; isto é, quando paramos de dizer "aquilo se perdeu" para dizer "eu o perdi".

— *Sydney J. Harris*

CAPÍTULO 1
VILÃ SIBILANTE

A névoa prateada girava em torno Gameknight999 enquanto ele caminhava pela paisagem sem traços característicos. Os contornos fracos das árvores de blocos destacavam-se através da névoa, as suas formas verticais rígidas pouco visíveis por causa da neblina. Quando Gameknight se aproximava, elas pareciam evaporar, transformando-se em fumaça.

Girando em um círculo fechado, ele examinou a área ao redor. Para onde quer que olhasse, via sempre a mesma coisa: uma névoa prateada que mascarava as características da paisagem que o rodeava. Gameknight999 podia começar a distinguir outras formas através da neblina: uma árvore aqui... uma colina gramada lá... mas todas simplesmente desapareciam tão logo ele se aproximava.

Era esquisito, mas também estranhamente familiar. Ele já estivera aqui... não nessa terra de árvores evanescentes e montes inexistentes, mas em meio a essa névoa prateada. A lembrança se esforçou para irromper lá do fundo de sua mente, mas havia também outra coisa escondida além dela... e isso o deixou com medo.

— Que lugar é esse? — perguntou em voz alta, para ninguém. — É quase como se eu me lembrasse dele de um...

E então ele se lembrou: essa era a Terra dos Sonhos. A primeira vez em que fora arrastado para dentro de Minecraft, quando conheceu seus amigos Artífice, Caçadora, Costureira, ele viera parar neste lugar de névoa prateada. Artífice a tinha chamado de Terra dos Sonhos, e referiu-se a Gameknight999 como um andarilho dos sonhos: alguém que poderia intencionalmente caminhar pela Terra dos Sonhos. Ali era o lugar intermediário entre estar desperto e totalmente adormecido, onde os pesadelos poderiam ganhar vida...

Espiando através da neblina prateada, ele olhou para os olhos vermelhos brilhantes de seus antigos inimigos, Érebo e Malacoda. Eles tinham liderado o ataque a Minecraft e tentado destruir a Fonte, lugar de onde se originou todo o código de Minecraft. Ele e os NPCs da Superfície tinham contido a horda de monstros e protegido a Fonte, salvando Minecraft e todas as vidas digitais que ali habitavam. Agora, porém, ele estava de volta... e desta vez com sua irmã também.

De repente, um silvo atravessou o nevoeiro. Virando-se, ele olhou para baixo, esperando se deparar com algum tipo de cobra. Mas era tolice, não havia cobras em Minecraft.

A última vez em que estivera na Terra dos Sonhos, ele havia lutado para sobreviver, travando uma batalha com Érebo, o Rei dos Endermen. Essa batalha quase lhe custara a vida, mas ele triunfou com a ajuda de seus amigos. Entretanto, agora estava sozinho, completamente sozinho, e de alguma maneira sabia que havia algo ali com ele.

Ssssssss!

De novo aquele silvo!

Ele buscou em seu inventário e tentou sacar sua espada... mas não havia nada ali. Então Gameknight lembrou-se de duas coisas sobre a Terra dos Sonhos. A primeira é que era um mundo de sonho, e tudo o que você imaginasse se tornaria realidade naquele reino enevoado. Fechou os olhos e imaginou que tinha consigo seu arco favorito, com os encantamentos Impacto II, Força IV e Infinidade. De repente, o arco apareceu em sua mão, ondas de luz cintilante iridescente percorrendo seu comprimento encantado. A arma mágica emitia um brilho azulado através da névoa, permitindo-lhe ver um pouco mais à frente. Boa.

A segunda coisa de que ele se lembrou foi que, mesmo que as coisas parecessem um sonho por ali, elas eram reais e podiam machucar. Na verdade, em sua última batalha contra Érebo, o enderman maligno aprendera que, se alguém morre na Terra dos Sonhos, a pessoa morre para valer. O que tornava aquele um lugar incrivelmente perigoso.

Sssssssss!

Quando ele examinou a névoa prateada algo começou a se materializar. Não era exatamente um vulto, mas uma cor... roxa. Um único ponto de luz roxa começou a se formar... depois outro e mais outro, até haver inúmeros pontos flutuando na névoa.

O que será isso?, *pensou Gameknight.*

Aproximando-se um pouco mais, Gameknight preparou-se para um ataque. Bastou um pensamento, e uma armadura de diamante de repente materializou-se em seu corpo, a sua superfície cristalina também cintilante com encantamentos. Ele avançou e o silvo retornou... vinha daquelas luzes roxas.

Elas ficaram mais brilhantes.

Será possível que meus velhos inimigos, Malacoda ou Érebo, tenham voltado à vida?, pensou Gameknight. Não, não podia ser.

E então uma das manchas de cor roxa piscou. Elas eram olhos... Olhos de uma aranha!

Os olhos brilharam com mais intensidade quando o monstro deu um passo em direção a Gameknight, mas eles não estavam apenas emitindo mais luz. Não... Havia algo mais... Ódio. Aqueles olhos odiavam Gameknight999 com cada fibra do seu ser, e dava para perceber que, se tivessem uma chance, o destruiriam nesse exato momento.

— Ora, ora, não é que afinal encontrei o tal do Usuário-que-não-é-um-usuário? — disse uma voz, da névoa.

— Apareça, monstro! — gritou Gameknight.

— Quando for a hora certa — respondeu a aranha. — Por que você não chega maissss perto e vem nossss dar unssss bonsss abraçossssss?

O som sibilante daquela voz deixou Gameknight arrepiado.

Então veio do monstro um som de estalo, enquanto ele fechava e abria suas mandíbulas afiadas como navalhas.

— Há cem anossssssss que espero para conhecê-lo, Usuário-que-não-é-um-usuário — disse o monstro. — Venha, vamossssss fazer amizade.

— Fique longe de mim, criatura!

Ele disparou uma flecha na direção daqueles olhos roxos, mas a flecha simplesmente atravessou o espaço onde imaginava que estaria a cabeça do monstro como se não houvesse nada lá. Ele ouviu sua flecha bater no chão ao longe, a aranha ilesa.

— Hahaha, essssssa foi boa — zombou a aranha.

— Obrigada pela lembrancinha. Agora, deixe-me apresentar. Sou Shaikulud, a Rainha dasssss Aranhasssss, e em breve irei destruí-lo.

O estalo de suas mandíbulas se intensificou quando ela se aproximou. Gameknight ouviu as garras afiadas como navalhas nas extremidades de cada uma das oito patas da aranha clicarem sobre o chão duro quando ela se moveu adiante, porém o corpo dela continuava envolto na neblina.

— Recebi ordenssss do Criador para destruir você e seussss amigossss. Assim que acabar com você, meus filhos irão se espalhar pela superfície de Minecraft e destruir ossss NPCssss de uma vez por todas. Com a ajuda dossss verdessss, recuperaremossss o mundo que foi criado para ser nossssso.

Gameknight preparou outra flecha e mirou em um dos olhos odiosos. Ao dispará-la, ele a viu voando em linha reta na direção do ponto roxo-brilhante e em seguida atravessá-lo como se fosse feito de fumaça.

— Hahaha... Isso faz cócegas — zombou Shaikulud. — Você devia parar com essa sua resistência ridícula e vir até aqui para que eu possa destruí-lo.

De repente, o som de cliques começou a vir de todos os lados. Gameknight999 fitou a névoa e viu olhos vermelhos de aranha materializarem-se, cada um deles ardendo com inextinguível ódio. Disparou flecha após flecha naqueles olhos vermelhos, porém a mesma coisa aconteceu. Suas flechas atravessavam-nos como se fossem feitos de nada além de sombras... e fúria. Voltando-se para Shaikulud, Gameknight deixou cair o arco e, em seguida, estendeu o braço. Uma espada de diamante cintilante materializou-se em sua mão direita.

— Se você me quer, aranha, então vai ter que vir aqui me pegar.

— Tudo a seu tempo, Usuário-que-não-é-um-usuário... tudo a seu tempo. Agora, porém, vou deixar que minhassss filhassss se divirtam um pouco com você. — Shaikulud então ergueu a voz para que ecoasse por toda a Terra dos Sonhos: — Filhassss... ataquem!

Gameknight ouviu as aranhas investindo contra ele, vindas de todos os lados. Se ficasse ali, seria destruído. Em vez de lutar, deixou cair a espada e fechou os olhos. Então, com cada grama de força mental que ainda tinha, gritou o mais alto que pôde:

— ACORDE... ACORDE... ACORDE!

CAPÍTULO 2
O PLANO DE ARTÍFICE

Gameknight acordou com um sobressalto. Alcançou seu inventário e sacou a espada enquanto se punha de pé, preparado para enfrentar um ataque de aranhas que não viria.

— Você tem uma maneira engraçada de acordar — disse uma voz atrás dele.

Ele se virou e deu de cara com sua amiga Caçadora, às suas costas.

Ela deu um passo na direção dele e pousou com cuidado uma mão reconfortante em seu ombro. Estava amanhecendo, e os raios da manhã começavam a perfurar a copa frondosa das árvores, fazendo raios dourados de luz brilhar sobre os dois amigos. Os cabelos vermelhos cacheados de Caçadora quase pareciam reluzir com a luz, dando a impressão momentânea de que ela estava rodeada por algum tipo de aura mágica cor de carmim. Não tardou, porém, para que o sol se levantasse um pouco mais no céu, fazendo com que a iluminação mudasse, e aquele momento acabasse.

— Você está bem? — perguntou ela.

Gameknight olhou para sua espada de diamante cintilante e, em seguida, para os olhos castanhos calorosos de Caçadora. Ele percebeu o ar de preocupação no rosto da amiga e sabia que seu próprio rosto estaria traindo o pavor que ele sentia. Cuidadosamente, guardou a espada e olhou em volta. Estavam em seu acampamento improvisado no meio do mato, escondendo-se de Herobrine e sua horda de zumbis. Observando o perímetro do acampamento, Gameknight avistou as barricadas de madeira que tinham sido construídas ao anoitecer — uma barreira temporária para manter os monstros afastados. Olhou para cima, para as copas das árvores, e viu arqueiros empoleirados em meio aos galhos, seus olhos sagazes observando o movimento da floresta abaixo.

Não havia nenhuma aranha atacando. Fora apenas um sonho. E, no entanto, talvez tivesse sido algo mais...

— Gameknight, qual o problema? — perguntou Caçadora, puxando-o pela manga para chamar sua atenção. — Será que dá para me dizer o que está acontecendo? Alguma...

— A Terra dos Sonhos — disse ele com uma voz trêmula.

No mesmo instante, Caçadora caiu em silêncio. Ela também podia caminhar pela Terra dos Sonhos, tal como sua irmã mais nova, Costureira. Os três eram andarilhos dos sonhos, algo incrivelmente raro no mundo de *Minecraft*.

— O que foi? — perguntou Caçadora em voz baixa, enquanto se aproximava. — Você não viu o Érebo ou o Malacoda, viu? — Um olhar de temor cruzou seu rosto quando ela pronunciou o nome de seus velhos inimigos.

— Não — respondeu Gameknight. — Foi outra coisa. Uma aranha chamada Shaikulud.

— Você disse Shaikulud? — perguntou uma voz jovem atrás deles.

Virando-se, Gameknight se deparou com um menino de cabelos loiros na altura dos ombros, que vinha se aproximando. Possuía olhos azuis brilhantes que pareciam espiar direto a sua alma. Contudo, aqueles olhos também possuíam uma expressão de sabedoria atemporal, como se estivessem em *Minecraft* há mais décadas do que seria possível. Vestia uma túnica que o cobria do pescoço aos tornozelos, assim como todos os demais aldeões, mas a sua era preta com uma faixa cinza que ia de alto a baixo no centro. A cor da sua roupa demarcava sua posição na comunidade: era um artífice.

Tratava-se do melhor amigo de Gameknight em *Minecraft*, Artífice. Era o líder da aldeia antes de Gameknight entrar no jogo com a ajuda do invento de seu pai, o digitalizador. Este dispositivo tinha copiado todas as características do seu corpo físico e as transportado completamente para *Minecraft*. Ali, dentro do jogo que era muito mais do que um jogo, ele agora era o Usuário-que-não-é-um-usuário. Seu apelido de jogador flutuava acima da sua cabeça, como acontecia com todos os demais usuários, mas faltava-lhe o filamento brilhante de servidor que se estendia da cabeça dos jogadores até o céu, ligando-os aos servidores. Gameknight999 não tinha nenhum filamento e não estava conectado aos servidores porque ele estava *dentro* do servidor. Parecia um usuário, mas, sem o filamento, na verdade ele não era. Tratava-se de algo diferente...

— Qual é mesmo o nome que você mencionou, Usuário-que-não-é-um-usuário? — perguntou novamente Artífice.

— Ela se chamava Shaikulud — respondeu Gameknight.

O rosto de Artífice empalideceu.

— Você quer nos dizer o que isso significa? — perguntou Caçadora.

Embora Artífice parecesse uma criança, ele era na verdade um dos mais antigos NPCs (personagens não jogáveis) de *Minecraft*. Na primeira aventura de Gameknight como Usuário-que-não-é-um-usuário, ele e Artífice enfrentaram um enorme exército de monstros, na vanguarda do seu próprio exército de usuários. Nessa batalha, Artífice, ainda em sua antiga forma grisalha, morrera em defesa de *Minecraft*. Porém, como havia acumulado bastante XP (pontos de experiência), foi capaz de reaparecer no plano seguinte de servidores, mais elevado, materializando-se no corpo da criança que agora estava diante de Gameknight e Caçadora. Por ser o NPC mais antigo de *Minecraft*, ele era o maior conhecedor de sua história e sabedoria popular.

— O nome Shaikulud é de uma época muito antiga da história de *Minecraft* — explicou Artífice.

— Como é? — perguntou outra voz. Era a irmã de Gameknight, Monet113.

Ela estava descendo uma escada que levava até a copa das árvores, segurando um arco. Ao brilho alaranjado do nascer do sol, sua pele azul escura parecia uma sombra descendo da copa frondosa. As faixas azuis-claras em sua testa, misturadas com os salpicos de branco em seu peito e costas, eram o único indício de que ela não era um tipo de aparição escura saída de um sonho. Seus olhos verdes brilhantes pareciam cintilar na luz pálida da manhã, fitando o irmão com afeto. A coisa mais impressionante em sua aparência, contudo, era seu cabelo: cachos azuis-fosforescentes que se derramavam pelos seus ombros e costas, em forte contraste com a pele escura. O amor de Monet pelas cores era evidente em todos os aspectos de sua aparência, embora as cores pouco ajudassem a protegê-la dos olhos curiosos.

— Shhh — disse Gameknight, virando-se para a irmã. Em seguida, voltou-se mais uma vez para Artífice. — Por favor, continue.

— Eu estava dizendo que o nome Shaikulud remonta a uma época muito antiga da história de *Minecraft*. Minha tataravó Cervejeira nos contou sobre uma criatura antiga que rondava as selvas de *Minecraft*, guardando algum antigo segredo.

— Que tipo de segredo? — perguntou Monet, enquanto esfregava os olhos para afastar o sono.

— Ninguém sabe — respondeu Artífice. — As únicas coisas que lembro do que Cervejeira disse é que Shaikulud foi criada por alguma espécie de ser maligno e que ela guardava o segredo mais antigo de *Minecraft*.

— Parece emocionante — disse Monet, e isso atraiu uma cara feia de Caçadora. — Que foi?

— Precisamos manter o foco e não sair por aí em aventuras desnecessárias — retrucou Caçadora, sabendo muito bem o quanto Monet podia ser impulsiva.

Neste momento, uivos tomaram conta do ar. Eles haviam notado um número incomum de lobos por ali, porém não estavam atacando: apenas ficavam escondidos na floresta. Um dos NPCs do grupo, Pastor, tentara atrair os lobos até lá. Como protetor dos animais, ele estava sempre ansioso para proteger qualquer animal abandonado, mas não é como se os lobos precisassem muito de sua ajuda. Na verdade, depois de fazerem amizade com Pastor, os lobos passaram a agir como sentinelas para os NPCs, guardando o local onde estavam, sempre de olho na aproximação de qualquer monstro.

Agora, Pastor corria na direção dos uivos. Saltou a barricada de madeira que os aldeões haviam construído em torno de seu acampamento antes de irem dormir e disparou até a floresta, na esperança de encontrar os animais escondidos.

Alguém riu.

— Ai, ai... Lá vai o Menino-Lobo de novo — comentou um dos NPCs.

— Espero que desta vez ele consiga trazer alguns — acrescentou outro.

Menino-Lobo era o novo apelido pelo qual muitos dos NPCs tinham começado a chamar Pastor. Antes, eles costumavam zombar do menino, chamando-o de menino-porco. O fato de Pastor ser diferente deles fez com que os valentões o maltratassem. Mas, depois que ele salvou o dia nos degraus da Fonte ao chegar à batalha acompanhado de uma alcateia imensa, os aldeões reconheceram que as diferenças dos outros NPCs não deviam ser alvo de zombaria e, sim, acolhidas. Agora, Pastor era um dos NPCs favoritos da aldeia e seus lobos adorados por todos.

— Artífice, continue a sua história — disse Caçadora, irritada.

— Ah, sim — prosseguiu o NPC. — Enfim, Shaikulud era uma criatura extremamente perigosa. Minha tatarataratia-avó Cervejeira contava que esse monstro, seja lá o que fosse, era incrivelmente poderoso e maligno. Seria melhor se pudéssemos evitar o confronto com Shaikulud.

— Nós não queremos confronto com monstro nenhum, se pudermos evitar — acrescentou Costureira, a irmã mais nova de Caçadora, enquanto caminhava na direção do grupo.

Gameknight se virou e a viu aproximando-se. Ela era bem mais baixa do que Caçadora, mas tinha o mesmo cabelo vermelho encaracolado, e os cachinhos cor de rubi saltitavam enquanto caminhava. A expressão em seus olhos, entretanto, era muito diferente da de sua irmã. Monstros haviam dizimado sua aldeia e matado seus pais durante a guerra para destruir *Minecraft*. Costureira fora capturada e levada para o Nether para trabalhar como escrava. Gameknight conseguira salvá-la, mas uma ira raivosa ainda fervia dentro de Caçadora. Ela nutria um desejo ardente de vingança contra os monstros de *Minecraft*, desejando que pagassem pelo sofrimento que tinham causado à irmã e à aldeia. Aquela raiva ameaçava consumi-la, e preocupava tanto Gameknight quanto Costureira.

— Ela é uma aranha — disse Gameknight, com a voz ligeiramente trêmula de medo. — É a Rainha das Aranhas, e creio que ela sabe que estamos aqui.

— Me explica por que é que toda a realeza dos monstros está atrás de você? — perguntou Caçadora, brincando. — Primeiro foi o Rei dos Endermen, depois o Rei do Nether, então o Rei dos Zumbis... E agora é a Rainha das Aranhas. O que é que você tem para atrair todas essas criaturas?

— Deve ser a minha personalidade radiante — respondeu ele, depois riu um riso inquieto, nervoso.

— Não importa — continuou Artífice —, vamos tentar evitar essa Shaikulud se possível. Bem, agora, prontos para levantar acampamento?

— Sim — trovejou a voz profunda de Escavador às costas do grupo.

Virando-se, Gameknight viu o vulto volumoso de Escavador se aproximando. Seus ombros largos e braços grossos eram resultado de suas muitas horas escavando as minas para a aldeia, e aquela força havia ajudado o grupo nas muitas batalhas que tiveram de enfrentar nos últimos dias.

— Então vamos nessa — acrescentou Caçadora.

— Mas para onde estamos indo? — perguntou Gameknight. — Artífice, você nos contou que existe um Oráculo num templo na selva em algum lugar deste servidor, mas onde ele fica? Como vamos encontrá-la?

— Estive pensando nisso e cheguei à conclusão de que precisamos de mais informações para encontrar o templo do Oráculo.

— E onde vamos obter mais informações... no Google? — perguntou Monet.

— O que é um Google? — perguntou Costureira.

Gameknight e Monet riram.

— Qual a graça? — perguntou a jovem NPC.

— Nada — explicou Gameknight. — É apenas algo que usamos no mundo físico para obter informações. É tipo todos os livros do mundo armazenados on-line.

— É disso que precisamos — retrucou Costureira.

— Temos algo parecido aqui em *Minecraft* — disse Artífice, atraindo todos os olhares para ele. — A Biblioteca.

— Vocês têm uma biblioteca em *Minecraft*? — indagou Gameknight.

— Sim, na verdade você já esteve lá antes... lembra?

— Claro, a fortaleza — disse Gameknight.

— Exatamente.

— A fortaleza... o que é isso? — quis saber Monet.

— Existem três fortalezas em cada servidor — explicou Artífice. — Elas ficam muito bem escondidas, de modo que apenas aqueles que têm os itens corretos e o conhecimento certo podem entrar. Da última vez, tínhamos a Rosa de Ferro para nos indicar a localização da fortaleza, mas agora não podemos contar com isso. Precisamos encontrá-la sozinhos, de alguma maneira.

— Olhos de Ender — disse Gameknight.

— Do que você está falando? — perguntou Caçadora.

— Precisamos dos Olhos de Ender, eles vão nos levar até a fortaleza.

Artífice olhou para o amigo, com uma expressão de curiosidade e confusão.

— Artífice, você não sabe o que são os Olhos de Ender? — perguntou Gameknight.

O jovem NPC com velhos olhos azuis apenas balançou a cabeça.

Sorrindo, o Usuário-que-não-é-um-usuário se empertigou um pouquinho ao perceber que sabia de algo sobre *Minecraft* que Artífice desconhecia.

— Bem — perguntou Caçadora, dando um soco bem-humorado no braço de Gameknight —, você vai nos contar o que é ou vai ficar aí, sorrindo como um idiota?

— Se você atirar um Olho de Ender, ele vai voar em direção à fortaleza. E quando você chegar lá, o olho vai voar em linha reta em direção ao chão. Tudo o que precisamos é de um monte de Olhos de Ender e então poderemos facilmente encontrar a fortaleza.

— Por acaso você tem Olhos de Ender aí com você? — perguntou Caçadora.

— Bem... não.

Ela suspirou e, em seguida, revirou os olhos.

— Mas podemos encontrar alguns por aqui — acrescentou Monet113. Todos os olhares se voltaram para ela com surpresa. — O que foi? Eu estudei *Minecraft* e aprendi o que podia antes de começar a jogar. Eu sei uma coisinha ou outra. Há um aldeão aqui que aposto que possui alguns Olhos de Ender. Não tem um clérigo nessa aldeia?

— É claro que sim — respondeu Artífice. — Toda aldeia de NPCs possui um clérigo.

— Dá para trocar esmeraldas pelos Olhos de Ender que ele tem — explicou Monet. — Nós também podemos criar alguns. Basta misturar pó de blaze e uma pérola do ender. Aposto que depois da Última Batalha nas escadas que conduziam à Fonte, você deve ter um monte das duas coisas, não?

Artífice conferiu seu inventário e retirou duas pérolas do ender. Os círculos azuis-claros tinham um centro escuro que parecia uma pupila no meio de um olho azul-celeste. Tinham uma aparência assustadora, e Gameknight estremeceu ligeiramente quando se lembrou de como as pérolas tinham sido obtidas: lutando contra um enderman. Artífice guardou as pérolas novamente em seu inventário e olhou para os demais NPCs. Todos olharam para Monet e em seguida para Gameknight, curiosos para entender como a menina sabia tanto.

— Eu fiz umas anotações e ela as encontrou, tá legal? — disse Gameknight, tentando se defender.

Os NPCs olharam para ele e depois todos riram quando o ar de culpa no rosto de Gameknight só aumentou.

— Bem, amigos, vocês ouviram Monet113, a Irmã-do-Usuário-que-não-é-um-usuário. Mãos à obra — ordenou Artífice.

Então, ao mesmo tempo, todos partiram para suas tarefas: foram procurar o clérigo e reunir os itens necessários para a elaboração dos Olhos de Ender.

Gameknight foi até sua irmã e sorriu com orgulho. O conhecimento dela era exatamente aquilo de que precisavam. Passou um braço em volta de Monet e a encarou.

— Eu ainda estou chateado por você ter usado de digitalizador do papai para entrar em *Minecraft* — disse ele.

O sorriso satisfeito de Monet apagou-se um pouco.

— Só que estou feliz por você estar aqui agora — acrescentou ele, e o sorriso dela voltou. — Mas não se esqueça de que isso não é um jogo. Todos os monstros daqui querem destruir você, e não sei o que vai acontecer com a gente se eles conseguirem.

— Nossa, você realmente sabe como acalmar as pessoas, irmão.

— Leve isso a sério! — retrucou ele. — Eu sou responsável por você até a gente sair de *Minecraft*, e isso significa que você precisa me ouvir e me obedecer... entenda.

Monet revirou os olhos, mais ou menos como Gameknight faria com seus pais.

— Você entende?! — insistiu ele.

— Tá bom... tá.

Gameknight tentou dar um sorriso alegre, mas o som fraco do gemido de um zumbi ao longe fez com que ele desviasse os olhos da irmã. Examinou a floresta desconfiado, imaginando todos os monstros que estavam esperando por eles nas terras selvagens de *Minecraft*. A imagem daqueles terríveis olhos roxos de ódio tomaram conta de sua mente e um arrepio de pavor percorreu a sua espinha.

CAPÍTULO 3
A TRANSFORMAÇÃO DE HEROBRINE

Herobrine materializou-se em uma colina gramada situada em frente a uma aldeia, tendo atrás de si uma densa floresta. A vista era bastante idílica; a aldeia estava aninhada entre duas colinas verdejantes pontilhadas de flores, que mais pareciam pequenos doces no meio de duas enormes bolas de sorvete verde. No centro da aldeia havia uma estrutura alta e rochosa que assomava sobre o restante dos edifícios. Era a torre de vigia, que podia ser encontrada em todas as aldeias. No alto da torre colocariam o NPC dotado da melhor capacidade de visão. O lugar servia para observar possíveis ataques de monstros. Ao redor da aldeia havia uma muralha de pedra, fortificação que restara da última batalha por *Minecraft* e que protegia a cidade com suas torres para arqueiros em cada um dos cantos e ameias ao longo de todo o seu perímetro. Aquela barreira serviria para conter monstros normais, mas não tinha a menor chance contra Herobrine.

Um rio de corredeira lenta movia-se através do centro do vilarejo. O curso d'água gelado cortava as muralhas fortificadas, mas grades de ferro haviam sido instaladas para permitir que a água fluísse através da aldeia e saísse do lado oposto. Seu caminho sinuoso prosseguia para além da aldeia, estendendo-se pela paisagem até sumir de vista. Qualquer outra pessoa consideraria o cenário bastante bonito, mas para Herobrine era horroroso.

— Por que estes NPCs não podem viver embaixo da terra, em escuras cavernas e passagens sombrias? — perguntou, falando sozinho. — É lá que eles deveriam morar... Escondidos, para que ninguém pudesse encontrá-los. Bem, se depender de mim, ninguém nunca mais verá esta aldeia.

Ele deu um sorriso maligno cheio de dentes e então soltou uma risada sádica que fez a grama perto de seus pés encolher-se de medo. Fechou os olhos e ouviu a música de *Minecraft*: podia sentir o funcionamento interno do software que controlava tudo naquele servidor. Em um instante sentiu seu inimigo, Gameknight999. Com seus poderes de artífice de sombras, Herobrine podia perceber sua presa como se fosse um espinho na haste de uma flor. A presença do Usuário-que-não-é-um-usuário ecoava através da música de *Minecraft* como os vestígios de uma tempestade distante. Embora Herobrine não fosse capaz de identificar a sua localização exata, podia senti-lo, e a presença de Gameknight999 encheu o artífice de sombras maligno de uma raiva quase incontrolável.

Vejo que você ainda está neste servidor, meu amigo, pensou consigo mesmo. *Excelente. Quando eu sentir que você está tentando usar o Portal da Luz, estarei lá e entrarei no mundo físico com você. Então me vingarei daqueles que me prenderam neste jogo. A destruição dos servidores de* Minecraft *virá em primeiro lugar e, em seguida, a destruição do mundo físico. Voltarei suas armas de extermínio contra vocês mesmos e depois darei risada quando os usuários do mundo físico implorarem por misericórdia e perdão... pois não receberão nenhuma das duas coisas.*

Ele riu consigo mesmo e imaginou o medo que se espalharia, depois olhou para a aldeia.

— Mas, primeiro, preciso descobrir onde você está escondido, Gameknight999 — disse ele em voz alta, ainda falando sozinho. — Vejamos quanta informação consigo arrancar dos NPCs desta aldeia patética.

Fechando os olhos, ele reuniu seus poderes e ampliou os sentidos.

— Venham, meus filhos, eu preciso de seus serviços — gritou.

No mesmo instante pôde-se ouvir o estalar de aranhas na floresta densa, e o ruído do arrastar de pés de creepers só fez aumentar a cacofonia. Um exército de aranhas negras gigantes se arrastou lentamente do alto da copa das árvores acima, escalando as laterais dos troncos das árvores como se fossem imunes ao toque suave da gravidade.

— Vão em frente, meus amigos, e destruam essa aldeia — gritou. — Não deixem nenhum sobrevivente.

Enquanto os monstros desciam a colina gramada, ele ouviu o soar de um alarme: alguém estava batendo num peitoral de armadura metálico com a parte plana da lâmina de uma espada — provavelmente o vigia no alto da torre de pedra.

O escuro artífice de sombras ouviu os gritos dos aldeões vindos lá debaixo, enquanto eles reuniam armas e armaduras para se preparar para a batalha inevitável que estava prestes a cair sobre a sua comunidade. Fechando os olhos, Herobrine teleportou-se para dentro da aldeia, materializando-se ao lado do poço que, não utilizado, repousava ao lado do rio murmurante. O caos tomava conta da aldeia enquanto os NPCs corriam para seus postos de defesa. Herobrine viu arqueiros subindo até o topo das muralhas fortificadas, enquanto outros se posicionavam nas altas torres localizadas nos cantos.

Aproximou-se do aldeão mais próximo, agarrou-o pelo colarinho e o puxou para trás de uma das construções.

— O que você está fazendo? — perguntou o aldeão. — Quem é você?

— Quero saber para onde foi o Usuário-que-não-é--um-usuário, e você vai me dizer.

— Do que você está falando?

Num piscar de olhos, Herobrine sacou sua espada de diamante e golpeou o aldeão, que instantaneamente perdeu metade de sua saúde. Tornou a segurá-lo pela camisa e puxou o agora aterrorizado NPC para perto de si, com os olhos cintilando de raiva.

— Vou perguntar mais uma vez — disse Herobrine com uma voz suave, mas ameaçadora. — Onde está escondido o Usuário-que-não-é-um-usuário?

— Eu não sei do que você está falando — gaguejou o NPC.

Pelas roupas dele, Herobrine supôs que fosse o ferreiro e que provavelmente passava a maior parte do tempo perto dos fornos e forjas. Era provável que, de fato, não soubesse de nada. Brandiu a espada com toda a sua força e golpeou mais uma vez o NPC, zerando o que lhe restava de HP. Com um estouro, o ferreiro desapareceu, deixando para trás uma coleção de itens e três bolas de XP.

— Vou descobrir o que está dentro da sua cabeça, ferreiro, de uma forma ou de outra.

Sorrindo, Herobrine se adiantou e permitiu que os pontos de experiência fluíssem para si pela primeira vez em muito tempo. Lentamente, um brilho branco pálido envolveu seu corpo à medida que o XP era integrado ao seu próprio código de computador. Isso desencadeou uma mudança em seu corpo, que aos poucos mesclou sua aparência anterior com a de sua mais recente vítima. Do escuro artífice de sombras que vestia uma túnica negra ele se transformou em um NPC mais baixo e robusto trajando uma túnica marrom escura e um avental preto empoeirado. Exatamente como Herobrine esperava.

Ele sentiu a mente do ferreiro lutando no interior de seu próprio cérebro, o código de computador capturado entrar em estado de pânico. Eles sempre se debatiam no início, mas se rendiam a Herobrine quando percebiam que seu destino estava selado: então cediam-lhe todos os seus pensamentos e memórias.

Herobrine vasculhou a mente do recém-adquirido ferreiro. Sim, ele realmente não sabia nada sobre o paradeiro do Usuário-que-não-é-um-usuário.

Uma explosão sacudiu o chão: um dos creepers havia detonado em algum ponto fora da aldeia. Herobrine caminhou até a beira do edifício e olhou para as ameias. Viu todos os aldeões agrupados em um dos lados. Aparentemente, as aranhas idiotas haviam centrado seu ataque em apenas um lado. Tolas.

Agora elas que cuidem de si mesmas por um tempinho, pensou ele. *Preciso descobrir onde meu inimigo está escondido... Isso é mais importante que a destruição desta aldeia.*

Então um pensamento veio à sua mente. Não era um dos pensamentos de Herobrine, mas do ferreiro recém-consumido. O pensamento consistia em uma única palavra, mas que vibrava com uma verdade desesperada.

Artífice.

Claro, eu vou interrogar o seu artífice.

Olhou para o outro lado da praça da aldeia e viu o artífice sobre a muralha fortificada. Ele estava orientando os arqueiros a concentrar seus disparos em alvos estratégicos, transformando a defesa da aldeia em um esforço coordenado. Herobrine teleportou-se para o lado do artífice que, surpreso, virou-se para ele.

— Ferreiro, o que está fazendo aqui? — perguntou o artífice. — Você devia estar de olho na face sul da muralha.

Agarrando-o pela camisa, Herobrine sacou a espada e atacou o artífice com toda a força. Antes que qualquer um dos demais NPCs pudesse reagir, ele já havia consumido todo o seu HP. Desaparecendo com o mais fraco dos sons, o artífice deixou para trás todas as suas ferramentas e três bolas de XP. Herobrine deu um passo a frente e sentiu os pontos de experiência fluírem para si, enchendo-o de conhecimento e poder. Alguns dos outros aldeões viram o ataque e gritaram, mas nenhum foi corajoso o suficiente para se aproximar.

Quando o halo de luz se apagou, os NPCs viram seu artífice ali de pé, parecendo ileso, e ficaram confusos. Os olhos de Herobrine brilharam de empolgação quando os pensamentos do artífice fluíram até sua mente. Entretanto, com uma certeza surpreendente, Herobrine percebeu que ele não sabia de nada. Na verdade, ninguém naquela aldeia sabia coisa nenhuma sobre o paradeiro do Usuário-que-não-é-um-usuário... E isso o deixou com raiva; com muita, muita raiva.

Com os olhos brilhando de ódio, ele desapareceu da muralha fortificada e apareceu ao lado de um creeper. Pousou a mão no ombro do creeper, desapareceu novamente e reapareceu dentro da aldeia. Moveu o creeper para o lado da muralha fortificada e deu à criatura uma ordem: a única ordem que aquelas criaturas burras realmente entendiam.

— Detonar — ordenou.

No mesmo instante, o creeper começou a emitir um brilho intenso, que se expandiu lentamente à medida que a sequência de ignição se iniciava. Herobrine deu um passo para trás e assistiu com alegria ao creeper explodir, abrindo um buraco enorme na muralha fortificada.

— Venham, meus filhos, e obedeçam ao Criador — gritou Herobrine para as aranhas e creepers.

Ao som de sua voz, trinta aranhas atravessaram o buraco na muralha como uma inundação sombria. Em seguida, os creepers entraram na aldeia, seus pezinhos semelhantes aos de porcos movendo-se como um borrão, à procura de alvos para destruir.

Com um sorriso de satisfação, Herobrine teleportou-se para fora da aldeia, de volta à colina gramada. Olhou para a cena abaixo com alegria e sorriu quando o som dos gritos e berros chegou a seus ouvidos. Esta aldeia seria apagada da superfície de *Minecraft*, e seus habitantes cairiam no esquecimento.

Olhou para baixo, para suas novas roupas, e viu que ainda estava vestido com a roupa tradicional de um artífice de aldeia: uma túnica preta com uma faixa cinza correndo pelo meio. *Um efeito colateral esperado que eu poderia usar em minha vantagem,* pensou.

— Você não me escapa, Gameknight999 — disse ele, para ninguém e para todos. — Vamos ver se você vai conseguir me reconhecer agora.

Com uma risada maligna, Herobrine desapareceu.

CAPÍTULO 4
ATAQUE SURPRESA

Gameknight caminhou pela floresta ao lado da irmã, empunhando a espada de diamante cintilante. Olhava em volta cautelosamente, à procura de monstros que poderiam estar rondando por ali. Os outros NPCs pareciam à vontade, pois o sol estava alto no céu. Contudo, naquele bioma de floresta coberta, os ramos entrelaçados formavam praticamente uma cobertura contínua de sombra por todo o matagal. O que significava que os zumbis poderiam atacar a qualquer momento.

Olhou para Monet e percebeu que ela tinha sacado o seu arco e estava praticando disparos de flechas nas árvores, com Costureira ao seu lado. A jovem NPC tinha tomado para si a tarefa de ensinar Monet113 a atirar, e a irmã de Gameknight aprendera rapidamente, mostrando que era realmente uma boa arqueira. Atrás da irmã vinha Lavradora, a NPC que adotara Monet como se fosse sua própria filha. Na primeira batalha por *Minecraft*, quando Érebo e os monstros da Superfície atacaram sua aldeia, a filha de Lavradora falecera durante os combates. Até a chegada de Monet, a velha NPC não havia se recuperado plenamente daquela perda. Agora, ela a mimava em todas as oportunidades que tinha, certificando-se de que a garota estava alimentada e aquecida, e concentrando toda sua atenção sobre ela como uma mãe incansável e dedicada.

— Ótimo tiro, meu bem — disse Lavradora.

Monet virou-se para a senhora, em seguida sorriu e sacou outra flecha de seu inventário.

Lavradora era uma trabalhadora do campo: seu trabalho era preparar os campos para o plantio. Trajava uma túnica marrom-escura com uma faixa marrom-claro que corria na vertical pelo meio, como todos os de sua profissão. Enquanto caminhava atrás Monet, seus cabelos grisalhos cortados na altura dos ombros, agora praticamente brancos, subiam e desciam, emoldurando seu rosto sorridente e seus olhos castanhos calorosos.

Todos os aldeões haviam simpatizado com Monet instantaneamente, em parte porque ela era a irmã do Usuário-que-não-é-um-usuário, mas também porque a menina era um espírito livre, que via beleza em tudo o que encontrava: a cor do céu no pôr do sol, a textura da pele dos zumbis quando banhada pelo luar, o brilho do orvalho da manhã nas teias de aranha... Tudo era belo aos seus olhos, e o apreço pelos seus arredores era contagiante, muito embora eles estivessem em constante perigo.

Monet entrara no jogo fazia poucos dias e, no começo, ela basicamente não possuía em seu inventário nenhum item além das roupas. Vários dos aldeões começaram a dar-lhe coisas de que precisaria: uma bancada de trabalho, uma picareta, uma pá, um machado, uma espada... Todos foram rápidos em oferecer-lhe algo. Porém, o item que ela mais amava era o presente do ferreiro. Ferreiro tinha conseguido amealhar ferro suficiente para fabricar para ela uma armadura completa. Ela ficara tão animada em ter sua própria armadura que a experimentou imediatamente. Claro que a primeira coisa que ela fez foi pintá-la, espalhando salpicos de tinta amarelo brilhante na frente e em seguida adicionando traços de verde e vermelho, um pouco de rosa nos braços e pernas, e azul ao longo de toda a cintura. Ela era um arco-íris ambulante, e trazia um sorriso aos lábios de cada NPC que a via. Era como se tivesse feito aquela obra de arte para eles, para trazer um pouco de beleza àquela aventura perigosa, e todos ficaram gratos pelo gesto.

Olhando para Monet agora, Gameknight ficou confuso. Sua irmã não parecia sentir nem um pouco de medo da sua situação atual. Todos os monstros de *Minecraft* estavam no encalço deles, por ordem de Herobrine. Na verdade, ela parecia completamente inconsciente do perigo. Talvez Monet fosse incrivelmente corajosa, ou talvez fosse apenas uma criança que não entendia o que estava em risco. Gameknight não tinha certeza.

À frente deles, ele viu que a copa espessa de folhas que formava uma espécie de telhado para a floresta chegava ao fim e que eles estavam saindo para as planícies abertas.

— As árvores nos proporcionaram uma boa cobertura — disse Gameknight —, mas vou ficar feliz de sair de toda essa sombra.

— Precisamos mesmo seguir por este caminho? — perguntou Monet.

— Nós temos que seguir o caminho que os Olhos de Ender apontarem — explicou ele. — É o caminho para a fortaleza escondida.

Na frente da coluna, Gameknight viu Artífice e Escavador. Eles estavam atirando Olhos de Ender para o alto e seguiam na direção em que os itens voavam. Escavador arremessava com seus enormes braços e Artífice se encarregava da localização. Atiravam um a cada cem blocos, mais ou menos, tentando conservar o suprimento de modo que não se esgotasse. As esferas resplandecentes continuaram apontando em direção ao sol nascente... Sempre para o leste.

Enquanto eles deixavam a floresta e adentravam as planícies, Gameknight teve a sensação estranha de que estavam sendo observados. Espiando por cima do ombro, manteve a atenção no fim da fila.

— Qual o problema? — perguntou Monet.

— Eu não sei... Só estou com uma sensação esquisita — respondeu Gameknight. — Quero que você fique ao lado de Costureira. Estou indo para a retaguarda do exército.

— Eu quero ir com você.

— Não... faça o que eu digo — retrucou Gameknight. — Isso não é um jogo, e preciso garantir a segurança de todos aqui. Eles vieram por minha causa, portanto preciso ter certeza de que não há perigo.

— Vamos lá, querida — disse Lavradora, com tom de voz cauteloso. — Vamos até a frente, onde estará mais seguro.

Monet113 olhou para Lavradora e sorriu. Em seguida, virou-se e lançou um olhar desapontado e manhoso para o irmão.

Ignorando suas tentativas de fazê-lo reconsiderar sua postura, o Usuário-que-não-é-um-usuário se virou e saiu correndo até o fim da formação. Ouviu Costureira distribuindo ordens para alguns dos outros guerreiros, instruindo-os a segui-la. Todos obedeceram, em parte por causa do respeito que sentiam por sua habilidade com o arco, mas também porque todos temiam Caçadora, sua irmã mais velha. Em poucos segundos, um dos soldados aproximou-se de Gameknight trazendo-lhe um cavalo. Sem perguntar nada, o Usuário-que-não-é-um-usuário saltou para a sela e conduziu o cavalo até a retaguarda. Enquanto cavalgava, notou que cada vez mais membros da cavalaria o estavam seguindo. Ele parou sua montaria na orla da floresta e aguardou até que todos os aldeões saíssem de lá; em seguida, devagar, seguiu o mais lento deles, para ter certeza de que o grupo inteiro estivesse bem protegido.

Quando se afastou da orla das árvores, ouviu um ruído e deu meia-volta com seu cavalo. No alto das copas das árvores, avistou vultos escuros afundando-se na folhagem verdejante que escondia seus corpos, embora os múltiplos olhos vermelhos acabassem entregando a sua presença. Eram aranhas, e muitas delas.

— Estamos sendo atacados, corram! — berrou Gameknight.

Os aldeões, acostumados com os constantes ataques em sua aldeia e com as investidas que sofriam na floresta, não gritaram nem berraram, só sacaram suas armas e esperaram ordens.

— Fiquem longe das árvores — gritou Gameknight.
— Elas não estão atacando ainda, mas isso não vai demorar muito.

Artífice e Escavador aproximaram-se dele correndo, com Caçadora em seu encalço.

— O que está acontecendo? — perguntou Artífice.

Gameknight apontou para as copas das árvores.

— Elas provavelmente estão esperando a chegada de mais aranhas, ou instruções da sua líder — explicou Artífice. — As aranhas são animais solitários e não gostam de trabalhar em conjunto. Só fazem isso quando obrigadas, portanto, se ainda não receberam ordem de ataque não irão mexer um músculo.

— Precisamos tirar vantagem disso — falou Escavador com sua voz profunda. — Mais à frente fica uma colina, ladeada por dois braços de rio. Seria uma boa posição para nós, onde poderíamos nos defender.

Virando-se, Gameknight olhou para o terreno e compreendeu o plano de Escavador. À frente, o terreno se inclinava lentamente para cima, formando um grande monte ao redor do qual fluíam dois rios, que se encontravam atrás do monte e formavam um "V" aquoso, que protegia a retaguarda da elevação. Seria um bom lugar para montar uma defesa.

— Escavador, preciso que você leve as pessoas até lá o mais rápido possível. — Gameknight então desmontou e sacou sua espada. — Guerreiros, desmontem de seus cavalos e os entreguem para os idosos e fracos. Seremos a retaguarda, enquanto o resto da aldeia se desloca para a colina.

Sem questionar a ordem, os soldados saltaram das suas montarias e as ofereceram a outras pessoas. Então, voltaram com armas em punho para o lado de Gameknight.

— Escavador... vá!

A grande NPC deu meia-volta e saiu correndo, gritando instruções aos demais. Antes que Artífice pudesse segui-lo, Gameknight agarrou sua manga.

— Artífice, você se lembra da surpresinha que reservamos para os monstros durante a batalha na Ponte para Lugar Nenhum, depois de termos recuperado a Rosa de Ferro? — indagou Gameknight999.

Sorrindo, Artífice fez sinal afirmativo.

— Meu tio-avô Tecelão teria gostado de você — retrucou o jovem NPC. Em seguida, virou-se e disparou para o restante do grupo, gritando ordens.

— O quê? Como assim? — perguntou Monet, que acabara de aparecer ao lado de Gameknight. — Quem é o tio-avô Tecelão?

— Era tio do Artífice, e disse certa vez: "Muitos problemas com monstros podem ser resolvidos com alguma criatividade e um pouco de dinamite" — respondeu Gameknight. — Artífice saiu para preparar uma surpresinha para estas aranhas. — Então ele olhou feio para a irmã. — O que está fazendo aqui? Você devia estar indo até a colina para se proteger.

Olhando para a colina lá atrás, ele avistou Lavradora acenando e correndo na direção da irmã.

— Eu vou ajudá-los a lutar — respondeu ela. — Você viu como estou boa nos disparos agora, com o meu arco.

— Deixe de ser ridícula, Monet, isso vai ser perigoso. Guerra não é coisa para crianças.

— Mas você é uma criança.

— Não em *Minecraft* — retrucou Gameknight, irritado. — Aqui, sou o Usuário-que-não-é-um-usuário, um combatente experiente, enquanto você continua sendo apenas uma garotinha. Agora volte para lá, onde é seguro.

— NÃO!

Gameknight suspirou e, em seguida, fez sinal para que o ferreiro chegasse mais perto.

— Ferreiro, por favor acompanhe minha irmã até o morro, junto com o resto dos aldeões — instruiu Gameknight. — Se ela se recusar, então leve-a à força. Ela não pode ficar aqui. Eu.... hã... preciso dela para armar as defesas... — Ele se inclinou para frente e fitou os olhos do ferreiro grandalhão. — Entendeu? Não posso me concentrar em proteger a minha irmã mais nova quando um exército de aranhas está prestes a atacar.

Ferreiro assentiu e, em seguida, agarrou a mão de Monet e começou a caminhar rapidamente para a colina. Monet suspirou; depois deu meia-volta e seguiu o grande NPC, com um olhar de decepção.

Dando um sorriso de satisfação, Gameknight ouviu Lavradora começando a passar um sermão para sua irmã sobre os perigos dos monstros, enquanto Monet objetava. Ele sentiu-se feliz pela presença de Lavradora... Tornava um pouco mais fácil se concentrar em manter todos longe dos perigos oferecidos pelos monstros de *Minecraft*. Virou-se de frente para a floresta e observou suas profundezas escuras com atenção. Enquanto sacava a espada do inventário, ouviu uma voz falar com ele.

— Você podia ter agido de uma maneira um pouquinho mais legal.

Virando-se, deparou-se com Costureira ao seu lado, olhando-o de cara feia, a monocelha revirada de raiva.

— Como assim? — falou Gameknight. — Ela não pode ficar aqui, é apenas uma criança.

— Eu também sou apenas uma criança — devolveu Costureira. — Por acaso, devo me juntar às velhas e me esconder?

— Claro que não, Costureira, eu preciso de você aqui. Além disso, é diferente. Você não é uma criança... você é a Costureira. Nós lutamos juntos em uma centena de batalhas, e eu sei que você pode cuidar de si mesma. Mas Monet é muito jovem e não tem experiência suficiente ainda. Não dá para confiar que ela consiga se virar sozinha aqui no campo de batalha.

— Alguma coisa está acontecendo! — gritou um dos guerreiros.

Gameknight virou-se para a orla de árvores e viu ainda mais aranhas sobre as copas. À medida que as criaturas se assomavam, o ruído dos estalos de suas mandíbulas aumentava, e aquele som agora parecia mais um enxame de um milhão de grilos raivosos. Por entre as folhas, o número crescente de olhos vermelhos brilhantes os encarava com um ódio tão intenso que Gameknight quase podia sentir o seu calor. Isso o chocou. Estas aranhas odiavam os NPCs com tal ardor que aquilo quase consumia a capacidade delas de raciocínio.

Por que esses monstros odeiam tanto os NPCs?, pensou ele.

— Todo mundo, comecem a recuar — ordenou Gameknight. — Fiquem com os arcos a postos, formem duas fileiras e se espalhem pelo terreno. Não podemos deixar as aranhas passarem por nós, não importa o que aconteça. Os guerreiros aqui atrás precisam ganhar tempo.

Os guerreiros soltaram vivas e, em seguida, guardaram as espadas e prepararam os seus arcos. Com flechas encaixadas nas cordas, recuaram, mirando os monstros a distância. Por entre as árvores, Gameknight vislumbrou algo se movendo. Alguma coisa verde e cheia de manchas caminhava por entre os carvalhos altos — criaturas que corriam com pezinhos minúsculos. Quando elas se dirigiram até a orla da floresta, Gameknight pôde ver o que eram: creepers.

Que ótimo... mais monstros.

Dando um passo à frente, Gameknight virou-se para encarar os guerreiros. Olhou para seu rosto assustado e viu orgulho naqueles olhos, misturado ao terror. Eles sabiam que estavam em desvantagem numérica, e lutar contra uma horda de aranhas em terreno aberto não era nunca uma boa ideia. Porém, apesar de tudo o que passava por sua cabeça, olhavam para Gameknight com esperança e a expectativa de que ele pudesse salvá-los.

Sua vida está em minhas mãos... Eles estão contando comigo para sobreviver.

Querendo ou não, ele era o Usuário-que-não-é-um-usuário, e precisava descobrir uma maneira de manter esses NPCs vivos após a batalha que estava prestes a acontecer. Quando olhou para as aranhas que se reuniam sobre as copas das árvores, as peças do quebra-cabeça começaram a se amontoar em sua cabeça. E, em seguida, uma delas se encaixou: os creepers. Então uma segunda peça encontrou seu lugar, e aí a terceira e a quarta...

— Certo, escutem o que nós vamos fazer — gritou Gameknight. — Quando os monstros atacarem, a fileira da frente irá... — E ele explicou seu plano para os guerreiros, que assentiram.

Quando terminou de dar as ordens, Gameknight viu a esperança cintilar nos rostos quadrados à sua frente. Agora todos tinham uma chance de sobreviver à batalha iminente.

— Lá vêm eles! — gritou um dos soldados.

Quando o Gameknight se virou para enfrentar a horda que se aproximava, um sentimento familiar espalhou-se pelo seu corpo. Era uma sensação que fazia seus pés parecerem estar plantados em concreto, que deixava seus braços fracos, que lhe fazia duvidar se estava fazendo a coisa certa, se suas decisões iriam causar a morte de todo mundo. Era uma sensação que ele recebera tantas vezes em *Minecraft* que já tinha se transformado numa velha amiga... ou, quem sabe, inimiga.

Era o medo.

Afastando aquela sensação, ele se concentrou no *agora* e empunhou a espada com firmeza. Em seguida, voltou-se para enfrentar a tempestade de monstros que corriam em sua direção. Reuniu cada bocado de força que tinha dentro de si e soltou seu grito de guerra, que ecoou por todo o campo de batalha.

— POR *MINECRAFT*!

CAPÍTULO 5
IRMÃOSSSSSSS E IRMÃSSSSSS

Ao virar-se, Gameknight999 viu um grande grupo de creepers arrastando-se para fora da floresta, seus pés minúsculos movendo-se como borrões enquanto saíam de debaixo das árvores. Somando-se a eles, uma onda escura de aranhas lentamente desceu das copas frondosas. Seu corpo negro abraçava os troncos das árvores altas enquanto desciam os blocos verticais como grandes gotas sombrias de uma chuva letal.

— Todo mundo: recuem e esperem até eles ficarem ao alcance dos nossos tiros! — gritou Gameknight, sem parar de andar para trás. — Não demonstrem medo, pois vocês têm amigos e vizinhos ao seu lado. Sua aldeia é uma família, e os familiares sempre cuidam uns dos outros. — Ele deu mais alguns passos para trás enquanto as aranhas e os creepers se aproximavam. — Esta batalha é nossa e não vamos deixar um bando de monstros levar a melhor.

— É isso aí! — gritou Costureira. Sua voz aguda infantil atravessou o estalo das mandíbulas das aranhas e fez os outros guerreiros sorrirem.

— Preparar.... — Gameknight gritou. — AGORA!

A linha de frente de guerreiros caiu sobre um dos joelhos e, em seguida, como um único copo, todos dispararam suas flechas. Miravam os creepers que estavam na dianteira. Só precisavam explodir um deles. As setas riscavam o ar, e suas pontas afiadas caíam tanto nos creepers quanto nas aranhas, mas nenhuma fez um creeper explodir. Aparentemente, aqueles monstros eram mais disciplinados do que os que conheciam.

O pequeno grupo de guerreiros encaixava flechas nos arcos e disparava o mais rápido que podia. Outra leva de setas voou pelos ares e aterrissou em meio às criaturas verdes manchadas... Nada. Gameknight grunhiu de frustração. As aranhas estavam chegando perto, perigosamente perto.

Então, porém, uma flecha flamejante solitária riscou o céu. Viajava alto, bem acima das demais, por ter sido disparada de algum lugar bem nos fundos da formação. Enquanto a flecha voava, Gameknight viu as ondas de magia azul iridescente cintilarem ao longo de seu comprimento, a ponta vermelha ardendo com uma chama encantada. Olhou para trás e viu Caçadora correndo até ele.

Ela fez uma pausa e disparou outra flecha, depois continuou a correr. A primeira atingiu um creeper diretamente no peito. A chama mágica fez o monstro verde começar a emitir um brilho branco enquanto um chiado preenchia o ar. Em seguida, a segunda flecha enterrou-se no ombro da criatura, fazendo com que ela começasse a brilhar ainda mais. Num instante, o monstro explodiu, abrindo um grande buraco na paisagem e atirando muitas outras criaturas pelos ares. Gameknight percebeu que os creepers que estavam por perto começavam agora também a emitir um brilho branco e tombavam, antes de explodirem em uma reação em cadeia que escavou um sulco profundo na planície gramada. Explosões ecoaram por toda a paisagem à medida que os creepers remanescentes encerravam os últimos instantes de sua vida ardente.

Pelo menos nós conseguimos conter os creepers, pensou Gameknight.

E então as aranhas investiram sobre eles.

— Continuem indo para trás! — gritou Gameknight. — Primeira fileira, sacar espadas. Arqueiros, mirem as aranhas das cavernas.

Dando um passo à frente, Gameknight se colocou diante de Costureira e olhou feio para a onda de monstros que se aproximava, desafiando qualquer um a tentar ferir sua amiga.

Isso não vai acontecer!, pensou ele.

Sentiu o peso da responsabilidade por todas aquelas vidas que estavam ao seu lado, mas não tinha certeza se conseguiria lidar bem caso algum deles fosse ferido. Ele tinha certeza de que alguns se machucariam ou morreriam. Estavam em uma batalha. Naquele momento, porém, sabia que não poderia pensar nisso. Agora era hora de lutar, e isso era algo que Gameknight definitivamente sabia como fazer.

A primeira onda de aranhas caiu em cima dos guerreiros NPCs. Os espadachins golpeavam os monstros negros peludos, cujas garras curvadas brilhantes tentavam rasgar sua carne. Na frente de Gameknight estava o rosto cheio de ódio de uma aranha gigantesca. Ela o atacou, mas Gameknight conseguiu bloquear facilmente seus ataques. Num contra-ataque, ele então brandiu a espada sobre o monstro, fintando para a esquerda e em seguida atacando pela direita. Ele reduziu o HP do monstro, e sua espada caiu sobre a criatura com uma ferocidade tal que encheu os olhos dela de medo. Sem dar-lhe chance de escapar, Gameknight apertou o cerco, enquanto as flechas de Costureira voavam por sobre seu ombro e aterrissavam na lateral do corpo da aranha que, em segundos, desapareceu com um estouro.

Gritos de dor dos dois lados pontuavam o ar enquanto os NPCs atacavam as aranhas. De seu posto, os arqueiros, atrás da fileira de espadachins, continuaram atirando seus mísseis mortais, concentrando os disparos nas aranhas das cavernas azuis dentre os atacantes: seu veneno mortal era aterrorizante. Gameknight estava aliviado por não haver muitas delas. Os arqueiros se concentravam em tentar conter a onda de violência, mas simplesmente havia monstros demais.

Os guerreiros começaram a tombar à medida que seu HP era consumido, seus inventários caindo no chão ao lado de bolinhas de seda, enquanto as aranhas também encontravam o mesmo destino.

Não podemos continuar perdendo um NPC para cada aranha... Desse jeito, vamos acabar sendo derrotados.

— Para trás... para trás! — gritou Gameknight.

Os guerreiros, entendendo o plano de Gameknight, recuaram, cedendo terreno para os monstros. Isso fez o estalar das aranhas soar ainda mais alto, à medida que o entusiasmo delas crescia.

Recuando ainda mais rápido, os NPCs continuaram lutando, mas agora subiam o morro, aproximando-se lentamente do restante dos aldeões.

— Continuem lutando, mas recuem — berrou Gameknight. — Não podemos conservar o terreno enfrentando essas aranhas... recuem!

A gigantesca onda de criaturas que se aproximava mais parecia uma inundação incontrolável. Gameknight agora conseguia ouvir os aldeões atrás de si. Escavador e Artífice gritavam ordens e organizavam a defesa.

— Preparar! — gritou Gameknight.

Os guerreiros lutaram com mais ênfase, tentando retardar o avanço dos monstros.

— PREPARAR! — gritou ele, ainda mais alto.

Os espadachins de repente avançaram e atacaram violentamente as aranhas mais próximas.

— AGORA!

As fileiras de guerreiros de repente dividiram-se ao meio e correram para os dois lados, expondo o centro do campo de batalha e oferecendo às aranhas uma visão clara dos aldeões que estavam no topo da colina. As aranhas estalaram as mandíbulas cheias de alegria, pensando que os NPCs estavam batendo em retirada, mas seus cliques subitamente pararam quando elas se deram conta de que estavam bem na frente de uma fileira de canhões NPC.

— FOGO! — gritou Artífice.

O céu azul-claro subitamente foi preenchido com um ribombar semelhante ao de trovoadas.

BUUM! Explodiam os canhões, lançando cubos cintilantes de dinamite pelos ares, que caíam no meio das aranhas e detonavam, destruindo tanto a paisagem quanto o corpo das criaturas. Antes que as aranhas conseguissem pensar no que fazer...

BUUM!

Outra rajada de blocos de dinamite foi lançada pelos ares e explodiu no meio da horda de aracnídeos. Quando os monstros tentaram escapar, os guerreiros nas laterais do campo de batalha rapidamente colocaram-se na retaguarda e, em seguida, fecharam o cerco sobre as criaturas, impedindo qualquer possibilidade de escapatória.

BUUM!

A indecisão dominou a mente das aranhas. Elas se viraram e começaram a bater em retirada, mas se viram diante de duas fileiras de espadachins posicionados logo às suas costas. Enquanto permaneciam paralisadas pela hesitação, os guerreiros do topo da colina avançaram sobre elas. Em um instante, o curso da batalha mudou — e as aranhas se transformaram de caçador em caça. Os NPCs da colina arremeteram para diante enquanto os espadachins, na retaguarda, atacavam.

Gameknight, encabeçando o ataque, girava sua lâmina de diamante como se ela não pesasse nada, golpeando uma aranha após a outra, a espada apenas um borrão iridescente enquanto ele mergulhava cada vez mais na batalha. Observava o tempo inteiro os companheiros ao seu lado, ajudando-os com frequência. Eles, por sua vez, faziam o mesmo por ele, e suas espadas às vezes caíam sobre a mesma aranha. Enquanto lutava, mantinha o olho na irmã, que estava no topo da colina, com o arco em punho. Ela disparava uma flecha atrás da outra para o aglomerado de criaturas. Seus mísseis se enterravam no corpo dos monstros como se fossem teleguiados. A mira de Monet era quase perfeita.

Ao seu lado, Gameknight viu um jovem NPC cair sobre um dos joelhos quando as garras de uma aranha se enfiaram em sua perna. Começou a mover-se na direção dele, mas Lavradora já o havia alcançado. Seus braços enrugados manuseavam uma espada com eficiência letal; ela não a brandia tão rápido quanto a maioria dos NPCs, porém tinha uma precisão certeira. A aranha saiu de perto do jovem NPC quando a lâmina de ferro se enterrou em seu flanco.

— Deixem as nossas crianças em paz! — gritou Lavradora para a fera.

Quando o jovem se recuperou do ataque, levantou-se e posicionou-se ao lado da NPC. Um guardava a retaguarda do outro.

— Mas que falta de educação ferir aldeões com suas garras! — gritou Lavradora para as aranhas.

Isso fez Gameknight dar um breve sorriso.

O Usuário-que-não-é-um-usuário afastou-se da dupla e foi atrás de mais alvos. Golpeou uma aranha após a outra, perdendo-se na névoa de batalha, o corpo movendo-se por puro instinto. O único pensamento que passava pela sua cabeça era: *por favor, não deixe ninguém morrer*. E, assim, ele se movia como um redemoinho afiado como uma navalha, girando de um monstro para o seguinte sem fazer nenhuma pausa, protegendo seus amigos, e a si mesmo, do massacre.

Em questão de minutos, a horda de monstros tinha sido reduzida a apenas um punhado de criaturas, em seguida, a apenas duas, e, depois, a somente uma aranha solitária. Com seu HP quase totalmente consumido, o monstro tombou no chão, suas oito patas compridas destacando-se nas laterais do corpo. Rapidamente, os guerreiros pegaram uma corda e amarraram o monstro, de modo que ele não pudesse escapar. A última ordem de Gameknight tinha sido poupar uma das aranhas, a fim de interrogá-la.

Ele estava prestes a se aproximar do monstro quando ouviu o gemido de um dos NPCs. Virou a cabeça e viu Lavradora ajoelhada diante de uma pilha de itens que um dia fora o inventário de alguém. Gameknight aproximou-se dela e pousou uma mão reconfortante sobre seu ombro.

Virando-se, Lavradora o encarou, enquanto lágrimas minúsculas quadradas deslizavam pela sua face.

— Quem era? — perguntou Gameknight.

— A jovem Sapateira — respondeu ela. Enterrou o rosto nas mãos e chorou por um momento, então olhou novamente para Gameknight999, seus olhos castanhos agora tingidos de vermelho. — Ela era uma boa menina, tinha quase a mesma idade da minha linda filha, Amazona, quando foi morta... — Ela parou de falar quando ondas de soluços tristes e incontroláveis tomaram conta dela.

De repente, Monet113 surgiu ao seu lado. A menina passou um braço em torno da mulher e abraçou-a com força.

— Por que eles... nos odeiam... tanto? — indagou Lavradora entre um soluço e outro, numa pergunta que era ao mesmo tempo dirigida a Gameknight999 e também a todos.

Lentamente, ela apanhou todos os itens e os colocou no próprio inventário. Em seguida, levantou-se e ergueu a mão bem acima da cabeça, com os dedos muito abertos. No mesmo instante, todos os demais NPCs fizeram o mesmo. O campo de batalha agora estava lotado de mãos quadradas que lentamente se fecharam em punho.

Deixei que um deles morresse, Gameknight pensou, enquanto fazia a saudação para os mortos. Ele apertou a mão com tanta força que os nós dos dedos começaram a estalar. *Eu devia ter estado lá ao lado de Sapateira. Deveria tê-la protegido, mas em vez disso... eu fracassei.*

A tristeza caiu sobre ele como um maremoto. Era sua responsabilidade... e ele falhara.

Como posso lidar com isso? Eu nunca pedi para ser um herói, eu só queria ser uma criança. Eu não sou...

De repente, Lavradora estava em pé diante dele, entregando-lhe um pedaço de pão.

— Sapateira ficaria feliz se você aceitasse o pão dela — disse a NPC, enquanto as lágrimas ainda escorriam por sua face. — Ela gostaria que você ficasse forte para poder defender *Minecraft* e todos nós.

A mulher distribuiu cuidadosamente o resto dos pertences da moça entre os aldeões. A cada presente que era aceito, os aldeões iam ficando cada vez mais revoltados.

Clique... clique... clique...

A aranha cativa estalava as mandíbulas. Parecia algo equivalente a um riso. Gameknight sacou sua espada e aproximou-se do monstro. Eles precisavam de informações, pois na batalha conhecimento era poder. Monet113 se aproximou do irmão.

A aranha fitou os dois e, em seguida, ergueu o olhar sobre sua cabeça.

— Existem doissss Usuáriossss-que-não-são-um-usuário — disse a aranha com uma voz sibilante e chiada. — A Rainha vai saber disssso em breve.

— Por que estão nos atacando? — perguntou Gameknight. — Responda a verdade e deixarei que viva. Qual o seu nome?

— Me chamam de Shakal — falou a aranha e, em seguida, olhou para Gameknight999. — Ossss Irmãossss e Irmãssss receberam ordenssss do Criador para caçar o Usuário-que-não-é-um-usuário, mas não nosss informaram que havia doissss delesss.

Gameknight virou-se e encarou a irmã, em seguida olhou para Artífice, que agora estava se aproximando do monstro.

— Ele não sabe que sua irmã está aqui — disse Artífice. — Aparentemente Herobrine não sabe tudo.

— O Criador manda na Rainha, e a Rainha manda nassss Irmãssss. Nóssss fomossss instruídassss a caçar o inimigo do Criador.

A aranha, em seguida, correu os olhos pela multidão de NPCs reunidos. Ela se esforçou para respirar novamente e depois continuou:

— Todossss vocêssss serão destruídossss em breve, e então o Criador destruirá o Usuário-que-não-é-um-usuário. Seu extermínio é inevitável.

— Não precisa ser assim — disse Monet113. — Nós não precisamos lutar. É possível conviver juntos, mesmo que sejamos diferentes. Há sempre coisas em comum que poderíamos explorar.

— Ossss NPCssss e assss aranhassss não podem conviver. Sabemossss de coisassss terríveis que ossss NPCssss fazem, sabemossss de seu ódio contra a minha gente. Há diferençassss demais... Não há possssibilidade de paz. Agora me mate e acabe logo com isso.

Um dos guerreiros levantou a espada, mas Gameknight o deteve erguendo uma das mãos.

— Não, não vamos matá-la — disse Gameknight enquanto se virava para olhar a multidão que agora rodeava o monstro. — Eu prometi que ela poderia viver se falasse, e preciso manter a minha palavra. — Ajoelhou-se e aproximou seu rosto para fitar os múltiplos olhos vermelhos ardentes da aranha. — Diga à sua Rainha que há outra maneira de agir, sem violência... e que a paz pode, sim, existir. Nossa misericórdia para com você é uma prova de nossa intenção de paz. Você entendeu?

Ela clicou as mandíbulas afiadas. Aquele movimento súbito e rápido como um relâmpago assustou Gameknight e o fez recuar.

— Solte-a — ordenou.

— Eu não acho que seja uma boa ideia — disse Caçadora, logo atrás.

Gameknight deu meia-volta e a encontrou sobre um bloco de terra nos fundos da multidão.

— Temos que mostrar a eles que estamos falando sério. Que a paz é melhor do que a guerra.

Ela suspirou.

— Nunca poderá haver paz com monstros — disse Caçadora em voz baixa, cautelosa, esperando que a aranha não os escutasse. — Há diferenças demais, coisas demais que não compreendemos. A paz requer um terreno comum para nos entendermos. Olhe para esse monstro: nada nele se parece conosco. Essas criaturas são horríveis e perigosas. Não têm nada em comum com a gente, e nunca terão. A paz com os monstros de *Minecraft* é um sonho que nunca se tornará realidade.

— Mas precisamos tentar — insistiu Gameknight e, em seguida, virou-se para a multidão. — Soltem-na.

Escavador se adiantou e cortou as cordas com sua picareta.

A aranha uniu as pernas por baixo do corpo e olhou furtivamente para a multidão que a rodeava.

— Abram caminho para ela sair — mandou Gameknight.

A multidão se afastou para que a aranha pudesse voltar para a floresta.

Seus ardentes olhos vermelhos fitaram a vegetação e, em seguida, retornaram para Gameknnight999. Cada olho mirou uma direção diferente, examinando a multidão ao redor. Dando meia-volta, ela ficou de frente para a abertura e deu um passo em direção à floresta; então, a criatura girou e deu um salto no ar, mirando diretamente Monet. As garras escuras no final de cada pata apontaram para a cabeça da garota. Gameknight estava afastado demais para fazer qualquer coisa, e todos os demais NPCs já tinham embainhado suas espadas. Não havia nada que ele pudesse fazer além de assistir.

Uma flecha em chamas riscou os ares e atingiu a aranha em pleno golpe, seguida por outra flecha. Com um estalo, o aracnídeo desapareceu, deixando cair um novelo de seda sobre o seu alvo pretendido, Monet113.

Gameknight virou-se e viu Caçadora apontando o arco para o local onde a criatura havia estado, já com outra flecha preparada para o disparo.

— Viu? — disse Caçadora, quase gritando. — Não dá para confiar neles!

Gameknight ignorou o comentário e correu até a irmã. Retirou os fios de teia de aranha dos ombros dela e percebeu que ela estava apavorada, com um olhar de terror confuso no rosto quadrado.

— Aquele monstro queria me matar — disse Monet, com a voz embargada de emoção.

— Bem-vinda a *Minecraft* — disse Caçadora baixinho, mas não baixo o bastante.

Gameknight olhou feio para Caçadora enquanto ela descia do alto do bloco de terra e guardava o arco, depois voltou-se para a irmã.

— Como é que vamos conseguir sair daqui? — perguntou ela, com a voz agora, finalmente, cheia de medo.

— Eu não sei, Monet. Eu não sei.

CAPÍTULO 6
À PROCURA DE SEU INIMIGO

Herobrine aproximou-se da aldeia, mantendo certa distância. Não queria assustá-los ou dar-lhes uma dica de sua verdadeira identidade. Concentrou-se por um momento e tentou afastar todos os pensamentos violentos e malignos para as profundezas do seu inconsciente, esforçando-se ao máximo para preencher sua mente com imagens pacíficas. Ao fazer isso, o brilho em torno de seus olhos aos poucos foi se tornando mais fraco, até ele parecer um NPC como todos os demais.

Ele ainda conservava a aparência do último aldeão que tinha destruído e de quem absorvera o XP. Ele havia adquirido a forma daquele NPC não apenas no que se referia ao seu XP, mas também a todos os outros aspectos. Ou seja, Herobrine realmente se *tornara* aquela pessoa. Ele poderia ter optado por não se transformar, mas apenas se evitasse os pontos de experiência. Era algum tipo de piadinha cruel que o software do servidor de *Minecraft* pregara nele; Herobrine realmente não entendia o porquê disso, mas havia tempos descobrira que tinha lá suas vantagens.

Usara esse recurso em seu benefício diversas vezes no passado, a fim de evitar ser detectado pela velha bruxa da selva. Hoje, ele se valeria de aparência transformada para arrancar informações dos NPCs idiotas daquela aldeia.

Eu ainda vou te encontrar, Gameknight999!

Desceu a colina de areia que levava em direção à vila no meio do deserto e rodeou os cactos verdes e altos que pontilhavam aquele bioma desértico. Ao longe, dava para ver o bioma de savana na fronteira com o deserto. As estranhas acácias irregulares inclinavam-se para cá e para lá sobre a grama verde-clara que se estendia a distância. Na outra direção, o deserto estendia-se até encontrar os cactos verdes que decoravam a paisagem no horizonte. Ele preferia os biomas desérticos onde havia menos árvores, pois para Herobrine isso significava segurança: a bruxa velha teria mais dificuldade para pressentir sua presença.

Aumentou o passo e se pôs a correr em direção à aldeia. Ele precisava demonstrar a quantidade correta de desespero ao se aproximar. Enquanto corria, ouviu um alarme soando, o Vigia na elevada torre de sentinela batendo em uma placa de armadura com a lâmina de sua espada. Cabeças com elmo imediatamente apareceram ao longo da muralha de arenito fortificada, seus olhos cautelosamente inspecionando os arredores.

— Abram os portões — gritou alguém.

Herobrine sorriu.

Enquanto os portões de metal se abriam, o rosto dele demonstrava a quantidade certa de felicidade e alívio. Aldeões solitários como ele em geral tinham pouca chance de sobreviver fora da cidade, de modo que Herobrine sabia que precisava parecer aliviado. E estava. Não porque finalmente encontrara um lugar seguro, pois nenhuma criatura em *Minecraft* poderia de fato fazer-lhe mal. Não: ele estava aliviado por causa de toda as informações que seria capaz de extrair daqueles tolos.

Um dos NPCs aproximou-se dele: era o artífice da aldeia. Usava o traje convencional: uma túnica preta com uma faixa cinza vertical no meio. Não era tão velho quanto ele esperaria. Com cabelos escuros tingidos do mais leve toque de grisalho nos cantos, este NPC parecia quase recém-saído da adolescência.

— Você é um dos Perdidos? — perguntou o artífice.

Os Perdidos eram aldeões que já não tinham artífice em sua aldeia. Quando o artífice de um vilarejo morria ou era assassinado inesperadamente, muitas vezes seus poderes de forja não eram transferidos para outro NPC, e a aldeia tinha dificuldades em permanecer unida. Nesses casos, os aldeões geralmente abandonavam a vila para vagar a esmo pela Superfície até encontrar um novo lar. A maioria não sobrevivia a esta jornada.

— Isso mesmo — mentiu Herobrine, tentando parecer gentil. — Nosso artífice foi morto por um grupo de aranhas. Eu saí como todos os outros NPCs, à procura de uma nova aldeia e um novo artífice.

— Bem, você encontrou uma nova aldeia e é bem-vindo a ficar conosco —respondeu o artífice. — Venha, vou deixar você estabelecer um vínculo comigo. — Os artífices usavam seus poderes para estabelecer uma conexão entre eles e um novo morador.

— Por favor, não aqui fora — disse Herobrine. — Vamos a algum lugar mais reservado.

O artífice concordou e conduziu Herobrine pela vila. Atravessaram a praça, passaram pelo poço e pelos campos de cultivo. Depois de deixarem para trás a alta torre de arenito que ficava no meio da comunidade, Herobrine olhou para cima e pensou como seria maravilhoso ver a torre destruída. À medida que essas imagens passavam pela sua cabeça, ele sentiu seus olhos começando a brilhar e imediatamente afastou aqueles pensamentos.

Preciso ter cautela!, lembrou a si mesmo.

Afastando os olhos da torre, ele mirou as costas do artífice, cujo avental roçava as paredes de arenito, enquanto eles caminhavam por entre as construções. Pelo visto, estavam se dirigindo à oficina do ferreiro: Herobrine pôde ver a fila de fornalhas sobre o alpendre de pedra. O artífice foi até a porta, abriu-a e entrou. Enquanto o NPC seguia até os fundos da oficina, Herobrine adentrou no recinto e fechou a porta atrás de si.

Deu alguns passos para a frente, posicionou-se entre duas janelas de uma parede e esperou. Virando-se, o artífice encarou Herobrine e, em seguida, aproximou-se, pousando a mão no ombro do recém-chegado. Enquanto o NPC reunia seus poderes de forja, Herobrine desembainhou a espada de diamante. Com os olhos arregalados de confusão, o artífice tentou fazer uma pergunta, mas a lâmina desceu sobre ele com eficiência maligna. Com apenas alguns golpes, o NPC estava morto e o chão cheio de suas posses: várias bancadas de trabalho, ferramentas, uma espada de ferro, pão... e três esferas brilhantes de XP.

Dando um passo à frente, Herobrine permitiu que os itens fluíssem para seu inventário. Olhou para baixo e viu as esferas de XP penetrarem lentamente seus pés. Nesse instante, uma voz em pânico preencheu sua mente, a voz do artífice da aldeia.

O que está acontecendo...? O que aconteceu...? Eu sou...

Você agora é meu, pensou Herobrine, depois soltou uma risada macabra. Permitindo que seus olhos brilhassem por um instante, ele deixou a mente recém-absorvida enxergar seu verdadeiro eu.

Oh, não... gemeu o artífice, de dentro da mente de Herobrine. *Não pode ser.*

Herobrine riu novamente e, em seguida, começou a vasculhar as novas memórias que estavam em sua cabeça. Afastou a personalidade do artífice de lado e enterrou bem fundo em seu inconsciente a essência da personalidade do NPC, permitindo que ele chafurdasse na escuridão com todos os outros seres que Herobrine havia absorvido ao longo dos séculos.

E, então, ele encontrou!

Ali estava a lembrança que estava procurando.

"Eu estava procurando comida", disse um caçador ao artífice, *"quando vi uma comunidade inteira de NPCs abandonar sua aldeia. Eles estavam seguindo o que parecia ser um usuário com armadura de diamante, só que a armadura estava rachada e danificada. Parecia que ele tinha estado em algum tipo de batalha terrível. Mas, enfim, seja como for eu percebi que aquele usuário não tinha nenhum filamento de servidor... Seria aquele o Usuário-que-não-é...?"*

"Silêncio!", disse o artífice. Em seguida, olhou ao redor para ver se alguém estava ouvindo.

Puxando o caçador pela manga, ele foi até a construção mais próxima: era a casa do padeiro. Entrou ali e encontrou o padeiro nos fundos do local, cuidando dos fornos que estavam assando pães para a comunidade.

"Poderia nos deixar a sós, Padeiro?", pediu o artífice. "Preciso falar com o Caçador por um momento."

O padeiro curvou-se ao seu artífice e, em seguida, saiu. O caçador observou o NPC atravessar o cômodo, com o avental coberto de farinha, e sair da casa. Então fechou a porta. Seu longo cabelo loiro-claro roçou seu rosto quando ele se virou para encarar o seu líder.

"Agora diga-me tudo", ordenou o artífice, com uma expressão séria em seu rosto quadrado.

"Bem, eu vi todas aquelas pessoas deixando a aldeia, sendo conduzidas pelo Usuário-que-... ah, você sabe... até a floresta. Havia um garotinho ao lado dele, mas estava vestido como você, com a roupa de um artífice. Eu fiquei confuso. Eles não poderiam ter um artífice que não passava de uma criança... De qualquer modo, eu observei enquanto eles entravam na floresta em silêncio, como se não quisessem ser notados. A última pessoa que eu vi saindo da aldeia era uma caçadora, como eu, com longos cabelos vermelhos encaracolados. Achei tudo isso meio estranho, e vim lhe dizer imediatamente.

"Você fez a coisa certa, Caçador", disse o artífice, pousando uma mão reconfortante em seu forte ombro. "Mas não conte isso para mais ninguém. Pre-

cisamos levar essa informação para o túmulo, se preciso for. Entendeu?"

O caçador fez que sim, e seu cabelo loiro saltou para cima e para baixo.

"Ótimo."

— Então, você encontrou-o para mim — disse calmamente Herobrine, a ninguém.

Ouviu os gritos do artífice no fundo de sua mente, mas ignorou-os. O artífice em breve desistiria. Eles sempre desistiam.

Saiu da casa do ferreiro e voltou até a praça no centro da aldeia. Observou o rosto daqueles que caminhavam por ali. Viu construtores, tecelões, ordenhadores, escavadores... e então o avistou. O caçador estava no alto da muralha que cercava a vila, com o arco na mão, uma flecha preparada para o disparo. Herobrine fechou os olhos, teleportou-se até o NPC e surgiu bem atrás dele. Quando o caçador se virou, Herobrine estendeu o braço e arrancou o arco de suas mãos. Jogou a arma de lado e ouviu os gritos de choque dos outros NPCs, mas não se preocupou nem um pouco: a hora de ser discreto já tinha passado.

Sacou a espada e a golpeou no indefeso NPC, atacando seu HP até extingui-lo. O caçador desapareceu com um estalo, deixando para trás um punhado de itens e três brilhantes esferas de XP. Herobrine adiantou-se para recuperar o XP e ouviu o alarme disparando no alto da torre de vigia, mas novamente não deu a menor importância. Aqueles seres ridículos não podiam machucá-lo.

Fuzilou os aldeões com o olhar e deixou seus olhos emitirem um brilho intenso, depois desapareceu, teleportando-se até o ninho de aranhas mais próximo. Quando reapareceu, seus olhos ainda emitiam aquele cintilar intenso, sobressaltando as criaturas das proximidades. Um dos grandes monstros negros não percebeu quem era ele, porém, e tentou atacar o que parecia ser um aldeão indefeso. Herobrine desapareceu pouco antes de as garras malignas negras tocarem sua carne. Materializou-se logo atrás do monstro, com a espada já a postos. A lâmina de diamante castigou a criatura antes mesmo que ela se desse conta do que estava acontecendo. Brandindo-a com toda a força, ele golpeou a aranha sem parar, até ela desaparecer com um estouro.

Afastou-se rapidamente das esferas brilhantes de XP; não queria se transformar em uma aranha. Jamais. Teleportou-se novamente e reapareceu no centro da grande caverna onde estava o ninho. O clique das mandíbulas daqueles seres enchia o espaço com se fossem mil castanholas, mas, assim que viram os olhos de Herobrine, suas mandíbulas pararam, mergulhando a caverna em uma calmaria assustadora. Herobrine foi até a aranha mais próxima, pousou a mão em suas costas peludas e desapareceu, levando consigo o monstro de oito patas.

Materializou-se na colina de areia situada em frente à aldeia, tendo a aranha ao seu lado. Os aldeões avistaram Herobrine e sua acompanhante no mesmo instante. O alarme foi disparado mais uma vez, porém Herobrine percebeu que a aldeia ainda estava imersa num estado de confusão.

— Você e suas irmãs devem destruir aquela aldeia — disse Herobrine ao monstro. — Entendeu?

— Massss asss defesassss... a muralha... não podemos transpor aquela muralha.

Herobrine olhou para a muralha fortificada, e percebeu que os aldeões tinham colocado degraus emborcados nas bordas que se projetavam ao longo de todo o seu perímetro, criando uma barreira impossível de ser escalada pelas aranhas. Esses aldeões eram espertos. Mais uma razão para destruí-los.

— Não se preocupe com a muralha, é insignificante.

Herobrine pousou a mão nas costas da aranha mais uma vez e, em seguida, fechou os olhos. Os dois desapareceram do topo da colina e se materializaram entre as construções e oficinas da aldeia. A maioria dos NPCs estava na muralha, preparando suas defesas. Tolos...

Enquanto o brilho de seus olhos se intensificava, Herobrine deixou a aranha e teleportou-se para longe. Em seguida, reapareceu com outra aranha. Então desapareceu novamente e reapareceu com outra... e mais outra... e outra ainda. Usando seus poderes de teleporte, Herobrine levou cinquenta aranhas para a aldeia, cujos corpos se apertavam no beco estreito entre as casas, com as mandíbulas paradas, para evitar que fossem detectadas antes da hora.

— Esses NPCs estão planejando atacar a sua rainha, simplesmente porque odeiam as aranhas — disse Herobrine em voz baixa, os olhos que cintilavam iluminando o rosto do caçador e seu cabelo loiro-claro. — Agora vão e os destruam antes que eles aniquilem sua líder.

As aranhas avançaram, espalhando-se pela aldeia. Caíram rapidamente sobre os desavisados NPCs, aproveitando-se do elemento surpresa.

A aldeia não tinha a menor chance.

Herobrine apareceu no topo da colina de areia novamente e olhou para baixo, para a comunidade condenada. Ouviu gritos de pânico e terror vindos de trás das muralhas, e sorriu ainda mais, fazendo seus olhos brilharem como dois pequenos sóis malignos. Herobrine fechou os olhos e vasculhou as memórias do caçador até descobrir aquelas de que ele necessitava.

— Encontrei seu rastro, Usuário-que-não-é-um-usuário — disse, com uma voz potente. — Em breve, você estará de joelhos diante de mim, pedindo misericórdia. Coisa que nunca irá receber.

Herobrine então soltou uma risada maléfica e maníaca que fez os cactos próximos parecerem estremecer. Com o olhar cintilante, desapareceu da colina de areia e foi perseguir seu inimigo. Seus olhos foram a última coisa a desaparecer.

CAPÍTULO 7
SOBRINHO-AVÔ CONSTRUTOR

A vila acordou de mais um sono agitado. Eles haviam deixado para trás as colinas verdejantes e adentrado uma floresta de eucaliptos pouco antes do pôr do sol. Trabalhando o mais rapidamente que podiam, os NPCs haviam construído fortificações logo antes do primeiro ataque, composto por um pequeno grupo de zumbis. Eram apenas uns oito monstros em decomposição. Os arqueiros posicionados no alto das árvores tinham facilmente debelado o ataque; ninguém escapou. Aquilo, porém, foi só o início. Monstros os atormentaram a noite inteira — zumbis, aranhas e creepers tentaram atacá-los aproveitando-se da escuridão. Os arqueiros que Caçadora posicionara nas árvores conseguiram manter afastados os monstros, enquanto os cavaleiros seguiam para enfrentar os atacantes, mas o estado constante de alarme tinha deixado todos no limite da tensão. Quase ninguém conseguiu dormir.

Gameknight estava preocupado.

O número de monstros nos ataques não fora muito grande, apenas um punhado de criaturas a cada vez.

O que preocupava Gameknight era que elas estavam dispostas a atacá-los mesmo quando a desvantagem numérica chegava a ser de dez para um. Pareciam estar completamente consumidos de ódio pelos NPCs, como se estivessem sendo estimulados por algum tipo de força externa. Gameknight imaginava que o dedo de Herobrine estava metido naquilo e, quando a imagem dos seus olhos incandescentes surgiu em sua mente, ele estremeceu.

De repente, um raio de sol perfurou a cobertura frondosa de folhagem e trouxe-o de volta para o presente.

O sol estava nascendo!

Virando-se para olhar para os NPCs ao redor, Gameknight viu que todos soltaram um suspiro de alívio quando o rosto quadrado do sol espreitou no horizonte. Aquela presença cálida afastou o medo inato que todos eles sentiam da noite e os encheu de esperança. Sorrisos agora se espalhavam pelos rostos quadrados enquanto o céu que se iluminava ia dissipando o medo.

— Levantar acampamento... vamos nessa! — gritou Escavador.

O grande NPC assumira o comando dos aldeões, mantendo-os sempre em movimento e concentrando-os nas tarefas diárias de encontrar comida, água e um local para acampar a cada noite. Ele era um líder nato, e sua voz ribombante era capaz de fazer as pessoas começarem a se mexer imediatamente. Gameknight observou Escavador e encheu-se de ciúmes. Ele parecia à vontade com a responsabilidade de garantir que todos estivessem em segurança. A responsabilidade caía-lhe como uma luva.

Gameknight999 o invejava.

Ele odiava ser o Usuário-que-não-é-um-usuário, ser o responsável por salvar a vida de todo mundo e estar sempre inventando planos para mantê-los em segurança, ao mesmo tempo em que tentava descobrir uma maneira de derrotar Herobrine. A responsabilidade era demasiada.

Ele riu sozinho.

Estava sempre dizendo a seus pais que queria ser tratado como um adulto, que queria assumir mais responsabilidades e mostrar-lhes que ele era maduro e confiável. Então seu pai tinha lhe dado mais responsabilidade: "Cuide da sua irmã durante as minhas viagens de negócios", foi o que dissera a Tommy. "Garanta que ela esteja bem e longe de perigos."

Isso, no fim das contas, acabou se revelando ser responsabilidade demais.

Seu pai não entendia o quanto era difícil. Problemas na escola... Problemas com a galera da vizinhança... E agora problemas em *Minecraft*. Era demais para ele. Ele odiava quando o tratavam como uma criança, mas agora ele percebia que na verdade não gostava nem um pouco de ter toda aquela responsabilidade. O que ele queria era um meio-termo: ser criança em certas horas, e responsável, em outras. Ser sempre adulto era pesado demais... naquele momento.

Pelo canto do olho, ele avistou um lampejo de cabelo vermelho encaracolado. Virou-se e viu Costureira seguindo até a floresta, com uma seta preparada em seu arco. A mais ou menos dez passos atrás dela, ia Monet113.

— Monet, para onde você está indo? — gritou Gameknight.

— Eu vou ajudar Costureira a conferir se nos arredores não tem nenhum monstro dando sopa — respondeu ela, enquanto virava-se para olhar para ele.

— Não, você precisa para ficar aqui, onde é seguro — retrucou Gameknight, com uma expressão irritada. — Fique no acampamento e não vá para a floresta... É perigoso.

— Mas Costureira é...

— Eu não estou nem aí, você precisa ficar aqui, onde é seguro.

— Mas eu consigo cuidar de...

— NÃO! — explodiu Gameknight. Ele, então, virou-se para localizar o ferreiro em meio ao mar de rostos quadrados. — Ferreiro, Monet irá ajudá-lo a embalar todas as ferramentas e fornos. Por favor, não a deixe sair do acampamento e garanta que ela o auxilie. Se preciso for, pode atirá-la por cima do seu ombro.

O NPC atarracado que sempre parecia coberto de cinzas levou o punho firmemente ao encontro do peito. Uma nuvem de poeira levantou-se de seu avental por causa daquela saudação e acumulou-se no chão, colorindo a grama a seus pés com um tom esmaecido de cinza.

— Grrr — rosnou Monet, demostrando claramente no rosto quadrado toda a sua frustração. — Às vezes você consegue ser igualzinho à mamãe e ao papai!

Aquele comentário doeu, mas Gameknight sabia que precisava mantê-la em segurança e que isso seria impossível se ela ficasse correndo pela floresta; Monet não passava de uma criança. Enquanto todos reuniam seus pertences, ele refletiu sobre aquele comentário. *Será mesmo* que era igualzinho aos pais? Não, igual a seu pai ele não era, porque seu pai nunca estava por perto. Ele sempre largava todas as responsabilidades nas costas de Gameknight.

A comunidade de NPCs havia adquirido muita eficiência naquela nova vida nômade. Em questão de minutos, eles já tinham embalado todos os seus pertences e desmontado a fortificação, e estavam prontos para partir.

— Tudo pronto — gritou Escavador. — Vamos nessa!

Escavador foi até a frente da fila e atirou um Olho de Ender para cima, o mais alto que pôde. Os arqueiros sobre a copa das árvores observaram o Olho se mover, a esfera cintilante lançando faíscas iridescentes à luz do sol nascente.

— Continuar para o leste — gritou um dos arqueiros.

Escavador assentiu e, em seguida, começou a avançar naquela direção, seguido de perto por toda a aldeia de NPCs.

De repente, Gameknight viu o amigo Artífice ao seu lado. Atrás dele, vinham muitos aldeões: eles se sentiam seguros perto de seu artífice. Não demorou e Monet também foi para o lado dele. Ela se inclinou para a frente, para ver seu irmão, e o olhou com cara feia.

— Eu não sou criança! — exclamou ela, irritada.

Gameknight ignorou o comentário e virou-se para Artífice.

— Você disse que tinha um parente distante que um dia foi até essa fortaleza...

— Sim, ele se chamava Construtor e era meu sobrinho-avô. Por algum motivo, ele estava sempre se metendo em confusão quando era mais novo... embarcando em aventuras perigosas com os outros jovens da aldeia.

— Parece familiar — disse Gameknight, olhando para a irmã.

Ela o ignorou e continuou mirando à frente.

— Construtor decidiu que queria encontrar a fortaleza, que supostamente se localizava nos arredores da sua aldeia. Ele devia contar com um belo estoque de Olhos de Ender, pois sempre sabia onde procurar. Todos os outros jovens da aldeia ouviram falar da sua aventura e quiseram ir com ele, mas, quando os pais ficaram sabendo daquilo, foram tirar satisfação com os pais de Construtor. Ele se meteu numa encrenca daquelas; e os pais o proibiram de ir.

— É mesmo? — perguntou Monet.

— Claro que sim — respondeu Artífice. — Construtor tinha um temperamento teimoso que herdou da sua mãe, Leiteira.

Gameknight reconheceu aquele nome e se lembrou de uma história que Artífice lhe contara havia muito.

— Na noite seguinte, ele saiu escondido da aldeia. Vinte outros jovens foram com ele, e... — Artífice parecia estar prestes a chorar, a voz trêmula de emoção.

Monet pousou uma mão tranquilizadora sobre o pequenino ombro do rapaz. Artífice afagou a mão dela e continuou:

— Não temos muita certeza do que aconteceu em seguida — disse ele, depois de pigarrear.

Gameknight levou um instante para conferir os arredores, procurando algum sinal de perigo. Eles ainda estavam atravessando a floresta de eucaliptos, mas notou que ela rareava a distância, e que o chão começava a se cobrir de neve. Não havia nenhum monstro por perto... por enquanto. Ele sabia, porém, que isso podia mudar a qualquer segundo.

— Por quê? — perguntou.

Artífice pigarreou novamente, com o rosto quadrado visivelmente emocionado.

— Porque Construtor foi o único jovem NPC a sobreviver àquela viagem — disse Artífice, alto o suficiente para todos ouvirem. — E quando ele voltou, estava tão aterrorizado e culpado que acabou enlouquecendo.

— Ah, não, isso é terrível — disse Monet.

— Quer dizer que todas aquelas crianças... — Lavradora deixou a frase no ar, com um soluço.

Artífice fez que sim.

— Ninguém jamais ouviu falar deles novamente — disse o jovem NPC com voz solene. Depois levantou a mão, com os dedos bem abertos. Muitos dos outros aldeões fizeram o mesmo, realizando a saudação aos mortos. — Depois de anos perguntando detalhes, os aldeões conseguiram armar mais ou menos uma história, embora a maior parte dela não faça muito sentido até hoje.

— O que aconteceu? — perguntou Gameknight, correndo novamente os olhos pelas árvores.

— Os aldeões acham que Construtor deve ter atravessado um bioma de picos de gelo quando encontrou a fortaleza — explicou Artífice.

— Por que pensam que era um bioma de picos de gelo? Eles são muito raros? — perguntou Gameknight.

— Porque Construtor disse alguma coisa sobre pilares gêmeos de gelo terem apontado o caminho. Parecia provável então que estivesse em um bioma desses, e que houvesse duas torres de gelo perto da fortaleza.

Enquanto Artífice falava, os aldeões saíram da floresta e começaram a atravessar morros cobertos de neve. Imediatamente, Escavador enviou cavaleiros para todas as direções, a fim de verificarem a presença de monstros por perto. Nenhum NPC gostava de ficar num ambiente aberto como aquele; preferiam lugares onde pudessem se defender melhor. As planícies abertas eram tudo, menos isso.

Todos os aldeões seguiam em completo silêncio enquanto caminhavam pela neve, seus pés quadrados fazendo-a estalar. Gameknight percebeu que vários deles sacaram suas armas, antecipando que monstros pudessem atacá-los descendo do morro alto à frente, mas quando os cavaleiros retornaram com sorrisos estampados nos rostos os NPCs relaxaram um pouco.

— Artífice, continue, por favor — pediu Gameknight, enquanto embainhava sua própria espada.

— Certo. Bem... Pelo visto, Construtor encontrou alguma coisa perto dessas colunas de gelo idênticas. Ele também mencionou que as duas apontavam para o pai, mas ninguém conseguiu descobrir o que isso queria dizer. Seja como for, ele de alguma maneira encontrou a entrada da fortaleza e lá entrou. Como sabemos, as fortalezas podem ser locais de grande perigo. Sempre existem monstros por lá e é fácil se perder no seu labirinto de passagens. Além disso, por alguma razão as fortalezas sempre ficam perto de ravinas de lava e fendas profundas. Não sabemos o que Construtor encontrou naquela, mas ele dizia que estava sempre saltando por ali. Meu tio-avô Entalhador pensou que Construtor estivesse falando de algum *parkour* extremo, mas ninguém sabe ao certo. O que eles têm certeza é que Construtor sentiu um pavor tão imenso que literalmente enlouqueceu e não recuperou mais a razão até o dia de sua morte.

— Ele falou mais alguma coisa sobre essa fortaleza? — perguntou Gameknight.

— Ele não parava de repetir uma coisa — respondeu Artífice —, e todos imaginaram que tenha sido o que o assustou a ponto de enlouquecê-lo.

Artífice parou por um instante quando o grupo chegou ao sopé de um morro imenso. Os Olhos de Ender diziam para eles subirem a elevação. Escavador enviou um grupo de soldados até o topo para que tivessem certeza de que não havia nenhum zumbi esperando por eles do outro lado. Enquanto os guerreiros saltavam os blocos e escalavam o morro, o resto dos NPCs aguardava no sopé, recuperando o fôlego.

— Certo — berrou Caçadora, a voz atravessando o silêncio e assustando todo mundo um pouco. — O que Construtor ficava repetindo?

— Ah, é — murmurou Artífice. — O que eu estava dizendo mesmo...? Sim, lembrei. Ele murmurava alguma coisa sobre... o enxame.

— Enxame? — perguntou Monet, a armadura colorida sobressaindo-se na neve branca que recobria o chão, o cabelo azul-fosforescente escapando de baixo do elmo. — Como assim? O que isso quer dizer?

— Ninguém jamais descobriu — respondeu Artífice. — Meu avô, o avô Entalhador, que na época não passava de um menino, certa vez me disse que achava que o que atacou e matou todos os jovens, exceto Construtor, devia ser uma espécie de horda, mas ninguém sabe com certeza. Eles acabaram tendo certeza de apenas duas coisas, no fim da história.

— Ei, gente, venham aqui em cima! — berrou um dos soldados que haviam escalado o morro. — Vocês precisam ver isso!

Movendo-se em um único bloco, os NPCs começaram a subir a elevação.

— E aí? — perguntou Caçadora.

— E aí o quê? — perguntou Artífice.

Ela soltou um resmungo exasperado.

— De que duas coisas eles tinham certeza?

— Ah, é... — prosseguiu Artífice. — A primeira era uma coisa triste: nunca mais alguém ouviu falar daqueles jovens. E a segunda é que Construtor não tinha medo de nada, portanto o que o assustou, seja lá o que fosse... devia ser extremamente terrível.

Todos refletiam sobre as palavras de Artífice enquanto subiam o morro. Gameknight tentava entender o que havia acabado de ouvir. Ao atingir o topo, continuou olhando para os próprios pés, tentando descobrir o significado da história do amigo. Porém, o som dos murmúrios de espanto de todos ao redor o trouxe de volta ao presente, ao *aqui e agora*. Sacou a espada em um movimento fluido e se preparou para uma batalha, mas ao olhar para cima não viu nenhuma aranha.... ou zumbi... ou creeper. Viu, em vez disso, gigantescas torres de gelo cristalino que se erguiam em direção ao céu. Seu tom azul glacial se destacava contra a neve macia e branca. Eram os picos de gelo, milhares deles.

Gameknight olhou em torno e percebeu que eles haviam acabado de entrar no bioma de picos de gelo. A distância, avistou duas torres gigantescas que deviam ter uns quarenta blocos de altura, se não mais, e que pareciam exatamente idênticas.

— Os Gêmeos — disse alguém ao seu lado. Gameknight virou-se e viu Pastor, acompanhado de três lobos, enquanto o resto da alcateia vigiava os arredores. Nuvenzinhas brancas quadradas saíam da boca dele com sua respiração: o ar do ártico fazia notar sua presença. Gameknight sentiu um arrepio gelado instalar-se em seu corpo, o frio intenso fazer doer as orelhas e faces.

— Devem ser elas — falou Monet, do outro lado.

Gameknight olhou para os picos imponentes de gelo, espantado. Como se fossem dois punhais congelados gigantescos tentando apunhalar o sol, eles se estendiam para cima. Entre eles não devia haver mais que dez blocos de distância.

— Olhem — disse Artífice, apontando para além dos gêmeos.

A distância, eles avistaram com dificuldade o vulto de uma torre de gelo ainda maior, que apequenava os picos gêmeos com toda a sua altura e largura.

— Deve ser o Pai, de que falava Construtor — disse Caçadora. Sua respiração criava nuvenzinhas quadradas de vapor quando ela falava.

Escavador se aproximou do grupo de aldeões e atirou um Olho de Ender para cima. A esfera foi em direção reta até os Gêmeos e o Pai, ao longe.

— Bem, pelo menos sabemos que estamos indo na direção certa — disse Escavador, guardando os outros Olhos.

— Mas não sabemos o que iremos encontrar quando chegarmos lá — acrescentou Gameknight, tremendo não de frio, mas de medo.

CAPÍTULO 8
SHAIKULUD

Herobrine materializou-se na frente da aldeia de Artífice. Os portões de ferro escancarados levavam para o interior da muralha fortificada. As muralhas e torres de vigia estavam abandonadas. Virou-se e inspecionou os arredores, procurando algum sinal de vida: nenhum. Entrou pelos portões na aldeia e olhou para as construções vazias. À sua frente estava uma grande área aberta, com torres altas localizadas aqui e ali: torres de arqueiros. Tinham sido utilizadas para defender a aldeia contra o rei dos Endermen, Érebo. Aos seus pés, Herobrine pôde sentir os blocos ásperos de cascalho que cobriam a área. Embaixo daquela camada de cascalho havia um fosso fundo repleto de água. Herobrine sabia que, se acionasse os circuitos corretos de redstone, aqueles blocos de cascalho desabariam e aprisionariam invasores no fosso abaixo. O irritante Usuário-que-não-é-um-usuário tinha usado esse recurso de modo bastante eficiente naquela primeira batalha histórica por *Minecraft*.

O brilho dos olhos de Herobrine se intensificou quando ele pensou em seu inimigo, Gameknight999.

Precisava encontrá-lo e obrigá-lo a usar o Portal de Luz.

— Não ficarei preso nesse jogo ridículo nem por um instante a mais do que o necessário — disse ele em voz alta, consigo mesmo.

Com uma careta, começou a caminhar rapidamente pela aldeia, confirmando que de fato estava abandonada. O caçador tinha razão: todos haviam ido embora.

Herobrine fechou os olhos e se teleportou para a planície situada na frente das muralhas daquela aldeia, reaparecendo exatamente no lugar onde havia lutado contra Gameknight999. Sorriu ao lembrar da expressão de terror e derrota que viu no rosto do Usuário-que-não-é-um-usuário quando ele percebeu que era impossível derrotar Herobrine. Tinha sido delicioso.

Entretanto, aquele sorriso se transformou em uma careta de preocupação quando ele olhou para a floresta e não viu nada, nem aldeão... nem Gameknight999. Olhou para baixo e viu por onde os NPCs tinham seguido: a grama ainda estava amassada depois de ter sido pisoteada por todos aqueles pés.

— Pelo menos sei a direção em que você está seguindo: nordeste — disse Herobrine.

Ele sabia, entretanto, que aquela trilha desapareceria rapidamente no meio da floresta.

O que você está aprontando dessa vez, Gameknight999?, pensou.

Herobrine fechou os olhos, silenciosamente desapareceu e se materializou numa selva densa que se destacava contra um bioma de colinas extremas.

Olhou para aquela paisagem e viu morros acidentados elevando-se em direção ao céu, como se, de alguma maneira, tivessem sido apertados e modelados pelos dedos de um gigante. Era impossível escalar as faces daqueles morros, que eram íngremes demais. Isso obrigava os que viajavam pela região a seguirem pelas ravinas estreitas que serpenteavam por entre as altas montanhas.

Herobrine deu meia-volta e fitou a selva aninhada contra aquele terreno acidentado. Era a selva mais densa que ele já havia visto, com árvores separadas a, no máximo, três ou quatro blocos de distância. Trepadeiras pendiam da cobertura de folhagem acima, cobrindo toda a região e dando-lhe a aparência de uma única planta gigantesca e folhosa. Viu brilhando por entre as árvores cacaus de tom castanho-alaranjado, que se destacavam como se fossem lanterninhas laranjas contra todo aquele verde que preenchia a selva.

— Árvores... árvores demais — resmungou.

Sentiu os olhos perscrutadores da bruxa velha por entre a folhagem e soube então que estava sendo observado.

Tudo bem, que ela me observe!

— É isso mesmo, pode me observar, sua velha! — berrou ele para as árvores. — Seu fim está próximo.

Então deu as costas para a selva e caminhou até a montanha mais próxima, que não ficava a mais de dez passos da orla da floresta. Sua face íngreme de rocha e terra era pontilhada aqui e ali com aglomerados de carvão. Na base do morro havia uma enorme abertura, que levava a um túnel escuro que se enovelava pelo interior daquela montanha. Herobrine ficou parado diante da abertura, pensando que parecia a boca de alguma espécie de fera subterrânea bocejando. Sacou uma pilha de blocos e foi colocando alguns cubos de pedra aqui e ali, acrescentando dentes quadrados à boca e fazendo com que a entrada do túnel parecesse um pouco mais amedrontadora.

Recuou um passo e admirou seu trabalho. O túnel agora parecia mais malvado... e aterrorizante.

Herobrine sorriu.

Voltou a colocar os blocos de pedra em seu inventário e entrou no túnel. O som de numerosas aranhas enchia a passagem rochosa, seus cliques ecoavam pelas paredes sombrias. Ali era o ninho de Shaikulud. Passou rapidamente pelas passagens rochosas e seguiu o caminho serpenteante que descia cada vez mais fundo, até as profundezas de *Minecraft*. O túnel se abria então em duas outras passagens. Herobrine foi até a encruzilhada: ouvia claramente as aranhas estalando as mandíbulas em um dos túneis e instantaneamente descobriu para que direção deveria ir. Prosseguindo a viagem, foi de encruzilhada em encruzilhada: sabia que os biomas de colinas extremas sempre possuíam sistemas de cavernas e isso era algo de que ele gostava naquele tipo de terreno.

O som das aranhas aumentava enquanto ele seguia, cada vez mais fundo. Ele gostava de lugares frios e úmidos, distantes do nível da lava, mas também da superfície. Aquela zona intermediária era a zona das aranhas, e era para lá que ele estava indo. Moveu-se mais depressa e começou a usar seus poderes de teleporte para percorrer os longos túneis retos onde podia avistar o destino final. Há tempos não ia ao ninho de Shaikulud e não tinha certeza se poderia se teleportar até sua caverna: se errasse e se teleportasse até a rocha sólida, bem.. não estava certo do que poderia acontecer e não queria descobrir. Cada vez mais rápido, Herobrine começou a correr enquanto o som dos cliques aumentava até parecer o volume de mil castanholas. Virou uma última esquina e lá estava.

O túnel o conduzira até uma câmara gigantesca, provavelmente tão grande quanto uma Vila Zumbi, com um teto que se alongava por cinquenta blocos de altura. Em toda parte, viu teias de aranha, suas estruturas macias e brancas destacando-se contra a escuridão das paredes rochosas. Cada teia parecia conter um ovo preto com pontinhos vermelhos adornando sua superfície. Herobrine sabia que eram a próxima leva de aranhas a serem produzidas naquele ninho. Pela câmara, viu com seus olhos cintilantes as pequenas aranhas das cavernas cuidando dos ovos. Eram os machos do ninho, os Irmãos, como eram chamados. As aranhas negras maiores eram as Irmãs.

Algumas aranhas avançaram em sua direção, pensando que era algum tolo NPC suicida, mas quando elas se aproximaram com garras afiadas recurvadas, Herobrine deixou que seus olhos emitissem um brilho intenso, que encheu de luz a enorme câmara. No mesmo instante, as aranhas interromperam o ataque e abaixaram a cabeça em reverência ao seu mestre.

De repente o som dos cliques das aranhas parou. No centro da caverna, Herobrine avistou uma aranha negra maior do que as outras abaixando-se lentamente até o chão ao longo de um comprido fio de seda. Aquela aranha tinha o ar da idade, com trechos de pelos grisalhos sobre a penugem, uma expressão de fadiga ancestral. Tinha a mesma forma corporal das outras aranhas, mas seus olhos cintilavam com um brilho roxo, e não com o brilho ameaçador vermelho comum às Irmãs. Seus olhos, porém, não eram apenas púrpura e brilhantes: tal como todas as demais criaturas de Herobrine, aqueles olhos cintilavam com uma radiância aterrorizante que se espalhava pelo rosto e dava à rainha das aranhas a aparência de algo sinistro e maléfico, como se tivesse sido criada para um único propósito: fazer os outros sofrerem.

Herobrine sorriu.

— Venha aqui, Shaikulud — chamou ele, permanecendo imóvel, esperando que a criatura se aproximasse. — Temos muito o que conversar.

A aranha moveu-se cautelosamente ao longo da multidão de ovos espalhados pelo chão da caverna. Enquanto caminhava, as aranhas menores, os Irmãos, apressaram-se a sair de seu caminho, abrindo espaço para a passagem da rainha. Quando ela alcançou Herobrine, abaixou a cabeça e fez uma reverência.

— O que ordena meu Criador? — perguntou Shaikulud.

— Mande suas aranhas procurarem o Usuário-que-não-é-um-usuário — disse Herobrine. — Quero saber onde ele e sua aldeia estão escondidos. Quando os encontrarem, espero receber notícias imediatamente.

— Asssss ordenssss do Criador serão cumpridasssss.

— Os acontecimentos estão convergindo depressa — prosseguiu ele. — Posso sentir todas as peças desse jogo se juntando exatamente como previ. Quando a nova ninhada nascer, haverá aranhas suficientes para destruir todos os NPCs e tomar a Superfície.

— E ossss verdessss? — perguntou Shaikulud.

Herobrine sabia que ela estava falando dos zumbis.

— Eles irão ajudar nesse assunto. Eu ordenei. Neste exato momento estão usando os portais-zumbis para chegar dos outros servidores até aqui. Em breve, teremos um exército maciço de zumbis que ajudará na guerra das aranhas.

— Esssssa não é a guerra dassss aranhassss... é a guerra do Criador — corrigiu Shaikulud.

Herobrine assentiu, depois virou-se para olhar para os ovos presos às paredes e ao teto de pedra.

— Mande algumas de suas melhores exploradoras espalharem essa ordem. A procura pelo Usuário-que-não-é-um-usuário começa AGORA!

A rainha das aranhas abaixou a cabeça, depois virou-se e falou com a aranha das cavernas mais próxima:

— Aranha das cavernassss, traga-me Shalir, Shabriri, Shintalli e Shaxal.

A pequena criatura azul afastou-se, adentrando as sombras. Num minuto, voltou com quatro Irmãs gigantescas, cada qual mais maligna e perigosa que a outra. Isso fez Herobrine sorrir.

— Minhassss filhassss, vocêssss devem esssspalhar a notícia para asssss outrassss — ordenou Shaikulud. — Encontrem o Usuário-que-não-é-um-usuário. Sua localização deve ser reportada a mim. Não poupem nenhuma vida nesssssa empreitada. Essstá claro?

As quatro criaturas estalaram as mandíbulas enquanto abaixavam a cabeça para a rainha das aranhas.

— Agora vão!

As quatro saíram apressadas em direção à abertura da caverna, depois seguiram pelos túneis que conduziam até a superfície. Algumas rastejaram pelo teto, enquanto demais seguiam pelas paredes e pelo chão.

— Muito bem — disse Herobrine, dando as costas para a abertura para fitar a rainha das aranhas. — Agora é mais importante do que nunca que vocês fiquem de olho na velha bruxa, para que ninguém consiga alcançá-la. Sinto que parte desse assunto ainda não está terminado, e ela ainda poderá nos ser de utilidade. Eu criei você um século atrás para vigiá-la, agora você precisa cumprir sua tarefa. Entendeu?

Shaikulud abaixou a cabeça em aquiescência, e seus olhos roxos cintilaram intensamente.

— Excelente — disse Herobrine. — Agora cuide dos ovos e mande as sentinelas ficarem de olho na megera em sua cabana de pedra. Não deixem ninguém se aproximar dela e castiguem todos os que tentarem.

— Asssss ordenssss do Criador serão cumpridasssss.

Herobrine virou-se na direção da abertura da caverna e depois permitiu que toda a fúria e o ódio pelo seu inimigo crescesse, fazendo os olhos cintilarem com intensidade.

— Você não conseguirá se esconder de mim por muito mais tempo! — berrou ele.

Então reuniu todos os seus poderes, tocou o próprio tecido de *Minecraft* e gritou com todas as forças:

— EU VOU TE PEGAR, GAMEKNIGHT999!

Em seguida, Herobrine desapareceu, a fim de perseguir sua presa.

CAPÍTULO 9
A TEIA DE ARANHA

Os NPCs caminhavam pelo bioma dos picos de gelo em absoluto silêncio. O único som que se ouvia era o ranger dos seus passos sobre a fina camada de neve no chão. A ponta dos dedos formigava quando o ar frio machucava a pele exposta, deixando todos meio inquietos — e não apenas por causa da temperatura: estavam todos nervosos. Ficar a céu aberto, visíveis a uma longa distância, era perigoso, algo que nenhum NPC gostava. Eles sabiam que se um monstro os avistasse e avisasse outros de sua localização, provavelmente teriam de lidar com uma horda maciça em consequência. Por isso, o grupo ia seguindo por entre os morros nevados daquele bioma, acompanhando uma trilha serpenteante que rumava em direção às duas espiras de gelo idênticas: os Gêmeos. Ao adentrarem aquela terra estranha, os Gêmeos estavam distantes, mas agora, depois de pouco menos de um dia de marcha acelerada, eles assomavam adiante, pouco depois da curva seguinte.

Gameknight caminhava mais à frente do grupo, seguido de perto por Monet113 e Costureira, tendo

Artífice ao seu lado. De repente, parou. Sentiu algo ecoar dentro de todo o seu ser. Era uma sensação que o apunhalou como se fosse algo afiado e com pontas enferrujadas penetrando sua mente. No início, pensou que alguém, ou algo, havia berrado seu nome, mas não era tanto um som quanto uma sensação... uma sensação extremamente ruim. Ele pôde sentir aquilo no tecido de *Minecraft*, a música dos planos de servidores de repente se tornando dissonante e tensa. Arrepios correram pela sua espinha e ele começou a estremecer de medo.

Então, a sensação desapareceu.

— O que foi? — indagou Artífice, pousando a mão no ombro do amigo.

— Ahhh... nada — mentiu Gameknight, esfregando as mãos para se aquecer um pouco.

— Não foi "nada" coisa nenhuma e você sabe disso — retrucou Monet. — Eu sempre sei quando você está mentindo, e você sempre faz essa coisa aí.

— Essa coisa o quê?

— Ahhh... — respondeu Monet, imitando o irmão.

Gameknight olhou para o outro lado, suas faces quadradas agora intensamente vermelhas.

— Tive a impressão de ter sentido alguma coisa estranha — explicou. — Sabe, através da música de *Minecraft*. Era como se algo violento e odioso estivesse tentando me alcançar.

— Foi Herobrine. Tenho certeza! — disse Artífice. — Só ele teria poder para tanto. — Olhando os arredores, ele viu a base dos picos Gêmeos logo adiante, cada qual ladeado por um morro grande. Algumas espiras de gelo menores pontilhavam as elevações, suas estruturas azuis glaciais destacando-se contra o chão coberto de neve. — Este seria um bom lugar para acampar esta noite. Poderíamos nos defender aqui.

    Gameknight também olhou em torno e assentiu. No mesmo instante os NPCs se puseram a trabalhar, montando acampamento como haviam feito todas as noites desde que partiram de sua aldeia. Gameknight segurou a irmã pela mão e subiu o morro mais próximo, saindo do caminho dos aldeões para que eles pudessem trabalhar sem ser incomodados. Quando alcançaram o topo do morro, sentaram-se em um bloco de terra congelada de frente para o leste, voltados para a gigantesca espira de gelo ao longe... o Pai. Ela assomava alto, sua forma irregular retorcendo-se à medida que sua altura aumentava, a ponta projetada para a frente tornando-se duas vezes mais espessa antes de voltar a estreitar-se e transformar-se em um pico.

    Ficaram ali sentados, admirando as diversas esculturas de gelo que pontilhavam a paisagem enquanto o sol aos poucos descia no horizonte, emitindo um brilho cálido cor de carmim. Uma brisa suave soprava do leste, o vento frio parecia estar conduzindo o sol até seu local de descanso noturno. O vento fez os irmãos se sentirem um pouco congelados, e eles se aproximaram um do outro para esquentar-se. Viraram-se e observaram o pôr do sol. Como se tivesse recebido uma deixa, o céu começou a escurecer, transformando-se de seu tom azul-claro costumeiro em um azul-marinho profundo. A distância, na orla das árvores, destacava-se apenas uma linha alaranjada.

    — As cores são realmente um espetáculo, não acha, mana? — perguntou Gameknight. Suas palavras flutuaram em nuvenzinhas quadradas de vapor da respiração.

Ele não recebeu resposta. Ao virar-se, viu que o rosto de sua irmã estava embasbacado assistindo àquele desfile de cores, que as esculturas congeladas na frente deles refletiam e refratavam de todas as maneiras possíveis. A paisagem transformou-se dos tons azulados do gelo e branco da neve na paleta de um pintor, repleta de tons e cores sutis, em que cada bloco de gelo e trecho coberto de neve refletia a pintura do céu.

O sol desceu um pouco mais: agora apenas metade de seu rosto quadrado estava à mostra.

O céu adquiriu um tom mais profundo e escuro de azul, com umas poucas estrelas começando a mostrar sua presença brilhante no extremo leste. Na linha que separava o céu do solo, descortinava-se uma batalha entre tons de laranja e de azul: o horizonte parecia estar em chamas, tingido de todos os tons possíveis de amarelo, vermelho e laranja, enquanto o espaço acima dele assumia agora uma tonalidade azul escura. As nuvens que continuavam a passar em seu trajeto contínuo para o oeste mais pareciam retângulos brancos acolchoados desaparecendo a distância. Elas se destacavam em um extremo contraste contra o céu azul-marinho, mas aos poucos, à medida que se afastavam, iam também elas escurecendo.

O sol desceu ainda mais: agora, apenas uma pequena fatia de seu rosto luminoso continuava visível no horizonte.

Monet soltou um murmúrio de deslumbramento à medida que o céu ia escurecendo cada vez mais, permitindo que as estrelas acima perfurassem o véu escuro da noite e acrescentassem um clímax esplendoroso àquela sinfonia de cores. O horizonte fulgurou com um último lampejo de fogo cor de laranja e então empreteceu quando o sol se pôs completamente.

Caiu a noite.

Gameknight virou-se para olhar a irmã. Viu um enorme sorriso pintado no rosto dela, de orelha a orelha. Uma pequenina lágrima quadrada desceu pela curva de sua bochecha e depois pingou do queixo, caindo no chão e congelando-se instantaneamente.

— Aposto que você está com vontade de pintar agora — disse ele.

Ela virou a cabeça e assentiu.

— Mas acabaram as flores que uso para fabricar tinta — disse ela, com um tom meio triste.

Gameknight olhou em torno e viu que não havia nenhuma flor brotando do chão naquela terra congelada.

— Vamos ter de esperar até sair desse bioma — falou ele. — Mas logo iremos encontrar algumas. Venha, vamos lá ver se o acampamento já está pronto.

Eles se levantaram e cuidadosamente desceram a encosta. Gameknight ficou surpreso ao descobrir que o acampamento já estava montado: a eficiência daqueles NPCs nunca deixava de surpreendê-lo. Uma barreira de blocos de terra agora estava erguida ao redor do acampamento, com torres de madeira e arenito posicionadas aqui e ali para dar aos arqueiros um campo claro para os disparos. No topo das colinas mais altas, ele notou que vigilantes tinham sido posicionados sobre os picos elevados de gelo, de maneira a permitirem aos guardas uma visão clara da área.

No centro do acampamento, Gameknight viu Pastor dando os acabamentos em um curral. Muitos de seus animais já estavam ali dentro, agrupados para se esquentarem. Ele tinha um jeito estranho com animais; todos pareciam obedecer a seu comando. Seu conhecimento nesse assunto era insuperável; inclusive, era maior até mesmo que o de Artífice. Portanto, ele era a pessoa perfeita para cuidar do rebanho da aldeia. Ali perto havia uma grande alcateia, cada lobo com uma coleira vermelha, todos completamente ligados ao rapaz franzino. Os soldados tinham começado a chamá-lo de Menino-Lobo depois da batalha angustiante nos degraus da fonte. Os lobos de Pastor tinham virado a maré da batalha para o lado dos NPCs e salvado muitas vidas. Ninguém mais o importunava com nomes pejorativos como Porcolino. Agora ele era o Menino-Lobo, um membro querido da aldeia, embora continuasse sendo bem diferente da maioria dos aldeões. Suas diferenças tinham sido abraçadas e agora enriqueciam a comunidade.

Perto do curral, Gameknight viu um grupo de camas colocadas juntos, seus cobertores vermelhos convidativos em contraste gritante com os blocos de neve e de gelo. Era ali que os aldeões que não estavam a postos para guerrear iriam dormir. Vendo as camas, a mente de Gameknight pareceu desistir de resistir à fadiga avassaladora que vinha incomodando-o há horas.

— Vamos, Monet, vamos descansar um pouco.

— Mas eu ia sair com Costureira e explorar os picos de gelo — protestou ela.

— De jeito nenhum — respondeu Gameknight, com voz severa. — Costureira está indo cumprir seu dever de guardar o local, e não para se divertir. E você é muito nova e inexperiente para montar guarda.

— Mas Costureira é tão pequena quanto eu. Por que ela pode ir e eu não?

— Não existe nenhum monstro em *Minecraft* que chamaria Costureira de criança quando ela está com um arco na mão — explicou Gameknight999. — Ela é praticamente a melhor atiradora que existe, fora a sua irmã, e enfrentou já muitos monstros em batalha. Tenho certeza de que Costureira sabe o que está fazendo.

— Mas eu não... certo?

— Você é muito pequena e não está pronta ainda!

— Eu nunca pensei que chegaria a ver esse dia — disse Monet, frustrada.

— Como assim? O que você quer dizer?

— Eu nunca pensei que veria o dia em que você iria falar igualzinho aos nossos pais... "você é muito pequena, não sabe o que está fazendo, não tem responsabilidade o bastante... blá-blá-blá". Igualzinho à mamãe e ao papai.

Antes que Gameknight pudesse responder, ela virou-se e rumou até uma das camas longe dele. Ele ficou ali parado em choque, espantado e magoado com o comentário dela, enquanto Monet tirava sua armadura e a colocava em um dos suportes para as vestimentas perto da cabeceira da cama. Monet deitou-se, virou-se e olhou para o irmão, em seguida fez um muxoxo, puxou o cobertor vermelho para cobrir o corpo e caiu imediatamente no sono.

Será que eu realmente sou tão ruim assim?, pensou Gameknight. *Eu sei que brigo com meus pais para não ser tratado como criança, que eu quero mais responsabilidade. Mas essa responsabilidade vem com um preço... você precisa aguentar o tranco até o fim, mesmo quando é difícil.*

Ele olhou para sua irmã deitada, dormindo. Poderia confiar que ela montasse guarda e assumisse as mesmas responsabilidades que todos os outros NPCs? Ela era tão impulsiva, às vezes agindo sem pensar... É por causa disso que os dois agora estavam presos dentro de *Minecraft*. Ela usara o digitalizador para entrar no jogo sem pensar nas consequências de seus atos. E agora estavam ambos presos ali... por causa dela!

Gameknight soltou um grunhido de frustração, caminhou por entre as camas e deitou-se. Não tirou a armadura, para que, se fossem atacados, pudesse reagir rapidamente. Não era confortável dormir de armadura. Todos os pontos onde ela tinha se rachado e lascado na última batalha com Herobrine pareciam penetrar sua pele, e o revestimento gelado de diamante o relembrava daquele encontro fatídico.

Ele se pôs a lembrar daquela última batalha, quando Herobrine quase o matou, mas a fadiga de seu corpo finalmente levou a melhor e, em segundos, ele tinha adormecido.

Uma névoa prateada rodopiava em torno dele, obscurecendo o terreno e escondendo tudo de sua visão. Imediatamente, deu-se conta de que estava na Terra dos Sonhos, a zona entre a vigília e o sono. Gameknight999 era um andarilho de sonhos, como Caçadora e Costureira. Elas pareciam abraçar esta responsabilidade, visitando com frequência a Terra dos Sonhos para garantir que todos ficassem a salvo. Monstros rondavam aquele lugar enevoado e poderiam atacar todos os que acidentalmente aparecessem por entre a névoa prateada: se você morresse na Terra dos Sonhos, você morria no mundo dos despertos também. Mas, para Gameknight, essa era apenas mais uma responsabilidade na pilha, uma responsabilidade que ele preferia não ter.

Avançando, Gameknight viu algo a distância. Ao se aproximar, percebeu que era um bioma de selva, com árvores altas bem unidas, os ramos cobertos de trepadeiras. Aninhados por entre os galhos, ele avistou cintilantes cacaus cor de laranja. Suas sementes poderiam ser usadas para fazer biscoitos que o manteriam vivo quando fosse difícil encontrar alimento.

Bem que ele poderia comer um desses biscoitos agora.

Então sentiu um calafrio que atravessou sua armadura e sacudiu-o até os ossos. Não era apenas uma brisa, era outra coisa, algo sinistro e maligno. Virando-se, ele caminhou até a fonte. De repente, viu-se diante de uma série de colinas íngremes e instantaneamente percebeu que faziam parte de um bioma de colinas extremas. Escavado na mais próxima das colinas havia um grande túnel, cuja entrada se abria como a boca de algum tipo de monstro gigantesco. Ele avistou blocos de pedra que tinham sido claramente colocados ao redor da entrada para parecerem dentes.

Por que alguém faria isso?, pensou.

Caminhou até o túnel e foi seguindo aquela sensação gelada, que o conduzia por entre as passagens rochosas serpenteantes da caverna. Ele sabia que nos biomas de colinas extremas sempre havia enormes sistemas de cavernas, mas nunca havia explorado nenhum... até então.

Depois de alguns minutos, o túnel se abriu em uma caverna gigantesca, provavelmente tão grande quanto aquelas que alojavam as Vilas Zumbis. O outro extremo da caverna não era visível, encoberto pela neblina prateada. Isso fazia com que a estrutura oca parecesse ainda maior. Entrou na gruta e olhou para suas paredes. Por algum motivo parecia que elas estavam se movendo... contorcendo-se sem parar, como se estivessem vivas.

Ele ficou assustado.

Enfiou a mão no inventário e sacou sua espada encantada. O lampejo iridescente azulado de sua lâmina iluminou os arredores com um brilho de safira, permitindo-lhe ver as paredes de forma mais clara.

Eram aranhas... as paredes estavam cobertas de aranhas!

Elas estavam por toda a parte — no chão, nas paredes e no teto. Porém, o mais perturbador eram os ovos. Devia haver milhares de ovos distribuídos ao longo daquela câmara, pretos e vermelhos, sendo cuidados por centenas de aranhas das cavernas azuis. E, de alguma forma, ele conseguiu sentir através da Terra dos Sonhos que existiam centenas de ninhos de aranha iguais àquele em todos os servidores. Se todos aqueles ovos eclodissem, as aranhas invadiriam o mundo e destruiriam todos os NPCs, isso se não sobrecarregassem os servidores e os fizessem cair de vez.

O que aconteceria se o servidor caísse? *Aquele pensamento fez com que sua pele se enchesse de pequeninos quadrados de arrepio, descendo pelo seu corpo a partir da nuca.*

Foi exatamente nesse momento que um enorme objeto começou a descer do teto, pendurado em um fino fio de seda de teia de aranha. Gameknight não conseguiu ver muito bem a criatura, pois seu corpo ainda estava obscurecido pela névoa prateada, mas distinguiu algumas de suas características. Oito garras afiadas e curvas se sobressaíam por baixo da névoa, cintilando de alguma forma no meio da escuridão. Ele não conseguia enxergar o corpo, mas supôs que fosse o de outra aranha. Conseguiu distinguir os olhos, porém... e neles havia algo de terrível. Brilhavam com uma luz arroxeada que parecia irada e odiosa. Cintilavam da mesma maneira que os olhos do rei dos zumbis... e do rei dos endermen... e do rei do Nether. Todas aquelas criaturas, Xa-Tul, Érebo e Malacoda, tinham sido fabricadas a partir do mesmo material; todas haviam sido criadas por Herobrine, e agora parecia que ali estava mais uma delas. Esta, entretanto, parecia mais perigosa do que as outras, como se houvesse sido criada com um único objetivo: destruir.

—*Vejo que você acaba de conhecer minha criação mais antiga* — *disse uma voz malévola.*

Virando-se, ele avistou Herobrine no outro extremo da caverna, seus olhos inconfundíveis brilhando intensamente de ódio. Ele não estava vestido de pre-

to como da última vez que se encontraram: parecia diferente. Usava uma túnica verde com uma listra marrom que o fazia parecer um caçador. O cabelo louro-claro comprido que pendia ao redor de seus ombros, juntamente com o corpo alto, fazia com que sua aparência fosse completamente diferente, mas seus olhos entregavam o seu verdadeiro eu.

— Esta é Shaikulud, a minha primeira criação — disse Herobrine. — Farei questão que vocês dois se conheçam muito bem. Dê uma boa olhada nela agora, porque, quando se encontrarem pessoalmente, provavelmente você não terá a chance de apreciar a beleza dela.

Gameknight virou-se e olhou para a aranha. O corpo da criatura ainda estava obscurecido pela névoa, mas quando ele estendeu sua mente até ela, viu minúsculos fiozinhos roxos esticarem-se dos olhos dela. Aqueles filamentos cor de lavanda disparavam em todas as direções e envolviam cada uma das aranhas presentes ali. Era como se ela fosse uma manipuladora de marionetes que controlava aquelas criaturas a seu bel-prazer.

Gameknight olhou para a rainha e percebeu que alguns dos filamentos brilhantes mais espessos subiam até o teto rochoso e perfuravam a cobertura de pedra como se ela não estivesse ali. Ele se perguntou para onde iriam aquelas fibras roxas... Talvez se conectassem a aranhas que estivessem em outros lugares, ou quem sabe aos diversos ninhos que estavam escondidos nas sombras por toda Minecraft. Antes, entretanto, que ele pudesse refletir a respeito, a voz de Herobrine preencheu sua mente:

—*Você não vai conseguir escapar de mim por muito tempo, Usuário-que-não-é-um-usuário. Meus adoráveis animaizinhos de estimação irão encontrá-lo em breve, e, em seguida, nós nos enfrentaremos uma vez mais na batalha.*

—*Eu não tenho medo de você, Herobrine!* — gritou Gameknight, porém sua voz falhou pelo medo.

Herobrine riu.

—*Quando nos encontrarmos, você vai fazer o que eu mandar e usar o Portal de Luz para voltar ao mundo físico. Você não tem outra escolha.*

—*Nunca!*

—*Rá! É inevitável. Quando você sentir a última pulsação de seu coração e der seu último suspiro, vai se agarrar com força a qualquer coisa que possa salvar sua miserável vida, pois lhe faltam as forças para resistir a mim. O avatar que você usa é o de um usuário adulto, mas enxergo dentro de você e sei que não passa de uma criança. Você não tem a coragem necessária para tomar a decisão difícil de não fazer isso.*

Ele riu novamente, de alguma forma soando ainda mais malévolo.

—*Em breve você será meu* — disse Herobrine. — *Mas, agora, acho que vamos nos divertir um pouquinho.*

Sacando sua espada de diamante, Herobrine desapareceu e materializou-se ao lado de Gameknight. O jogador viu o artífice de sombras erguer a lâmina e brandi-la diante dele.

Sem tentar bloquear o ataque, Gameknight gritou com todas as forças:

—*ACORDE... ACORDE... ACORDE.*

Gameknight acordou, cercado por aldeões. Artífice tinha pousado a mão fria em seus ombros e o sacudia violentamente.

— Eu sei como acordá-lo — disse Caçadora. — Já fiz isso antes.

Gameknight sentou-se e afastou as mãos de Artífice de seus ombros. Em seguida, ergueu o braço para Caçadora, parando o que sabia que ela estava prestes a fazer.

— Estou acordado... Eu estou acordado! — gritou Gameknight.

— Você está bem? — perguntou Artífice.

O Usuário-que-não-é-um-usuário se levantou e olhou ao redor do acampamento. Viu que todo mundo estava acordado, muitos com as armas em punho. Escavador estava perto dos limites da cidade improvisada, segurando sua grande picareta. Todos os arqueiros sobre as torres de gelo tinham flechas preparadas em seus arcos, prontos para a batalha. O acampamento inteiro mais parecia uma mola, tensionada e pronta para irromper. Tudo por causa dele. Olhando para o leste, ele viu que o céu começava a se iluminar: a aurora vinha chegando.

— Nós temos que ir — disse Gameknight. — Temos de nos apressar.

— O que foi? — perguntou Caçadora, enquanto punha o arco de lado e se aproximava do amigo. — O que está havendo?

— Eu vi o plano de Herobrine e não podemos nos demorar — respondeu ele rapidamente. — Precisamos descobrir como derrotá-lo antes que todos aqueles ovos eclodam, senão será o nosso fim.

— Ovos? Você ficou maluco? — perguntou Caçadora. — Do que está falando?

— Eu explico mais tarde — respondeu ele, já começando a desmontar sua cama. — Agora temos de levantar acampamento e encontrar essa fortaleza.

Ele podia sentir as peças do quebra-cabeça se amontoando em sua cabeça. O segredo para deter Shaikulud e todas aquelas aranhas estava lá, em algum lugar, mas ele não conseguia ver nenhuma das peças e a solução não passava agora de uma maçaroca confusa.

— Nesse instante, estamos numa corrida contra Herobrine e suas aranhas — explicou ele, virando-se para encarar Artífice, tendo agora Escavador ao seu lado. — E quem chegar em segundo lugar perderá tudo... inclusive a vida.

CAPÍTULO 10
O PAI

Os NPCs caminhavam rapidamente pela paisagem congelada. Gameknight ia na frente, ao lado de Escavador. Corria sempre que possível e andava quando não conseguia correr, mas apressava o exército de aldeões o máximo que podia. Seus pés estavam enregelados, suas mãos, congeladas, até os ossos e suas faces, anestesiadas, mas ainda assim ele não desacelerou o ritmo nem por um instante... havia coisas demais em risco.

Eles seguiram as ravinas estreitas que rodeavam os morros, tentando sempre manter-se fora do campo de visão enquanto acompanhavam os Olhos de Ender que Escavador atirava para o alto de quando em vez. Ficou evidente que as esferas brilhantes estavam conduzindo-os até o gigantesco pico de gelo, que agora ficava cada vez mais perto: o Pai. Ao se aproximarem, Gameknight viu que na verdade ele não era um único pico gelado, e sim uma formação de três estruturas glaciais entrelaçadas num padrão complexo de fusão e sobreposição que o fez lembrar-se das tranças que sua mãe fazia no cabelo de Jenny quando ela era menorzinha, sobrepondo uma mecha de cabelo na outra até formar uma corda espessa. Ele não conseguia imaginar como aquela estrutura impressionante poderia ter se formado naturalmente, mas *Minecraft* às vezes era capaz de coisas incríveis.

À sua direita, Gameknight viu um pico grosso de gelo que devia ter uns quinze blocos de altura e cuja base espessa era de neve. No topo da estrutura gelada, viu uma seção de cerca de quatro blocos de largura. Aproximou-se de Artífice e pousou uma das mãos sobre o ombro do jovem NPC.

— Artífice, sobrou alguma pérola do ender daquela vez em que fomos até o Fim? — perguntou Gameknight.

— Vou dar uma olhada — respondeu o jovem NPC.

As pérolas do ender eram aquilo que restava quando um enderman era derrotado. Nas aventuras passadas do grupo, Gameknight e seus amigos foram até o Fim, lar dos enderman. Lá, com o Dragão Ender sobrevoando sobre suas cabeças, eles guerrearam contra muitos desses monstros das sombras e reuniram várias pérolas azuladas. Como elas eram o ingrediente principal para fabricar os Olhos de Ender, já haviam sido quase todas consumidas, mas depois de procurar em seu inventário Artífice conseguiu encontrar duas daquelas esferas azuis. Gameknight apanhou as pérolas da mão do amigo e olhou para as bolinhas cintilantes.

— O que você está fazendo? — indagou Monet.

— É possível usar pérolas do ender para se teleportar para grandes distâncias instantaneamente — explicou Gameknight. — Eu vou subir no alto daquela espira e olhar ao redor... para ter certeza de que não tem nenhum monstro por perto.

— Quero ir também.

Gameknight999 não respondeu. Virou-se e foi até a base da espira de gelo, depois atirou uma das pérolas do ender no alto da plataforma congelada. No mesmo instante, foi teleportado até o local onde a esfera aterrissou. A dor tomou conta de seu corpo por um momento, pois sofreu um pouco de danos ao ser materializado novamente... entretanto, ele ainda estava bem. Olhou com atenção para a paisagem congelada, vasculhando-a em busca de ameaças. Quando não viu nada além do gelo azulado e da neve branca, o Usuário-que-não-é-um-usuário soltou um suspiro de alívio.

Segurou a segunda pérola do ender e atirou-a na direção de Monet. Ao se materializar ao lado da irmã, percebeu que Lavradora se aproximava com um olhar preocupado.

— Você devia tomar cuidado ao fazer essas coisas — disse ela, com uma expressão de preocupação maternal.

— Estamos bem — gritou Gameknight, depois continuou andando, tendo a seu lado sua irmã amuada e Lavradora.

— Lavradora, me conte sobre sua filha, Amazona — pediu Monet. — Como ela era?

Lavradora sorriu.

— Ela era a NPC mais linda que já existiu — começou a dizer. — Seu cabelo era loiro puro, como se tivesse sido tecido com fios de ouro. Ele praticamente cintilava quando os raios vermelhos do sol iluminavam o rosto dela.

— Parece linda — comentou Monet.

Lavradora assentiu.

— Era muito parecida com você, Monet. Amazona tinha um espírito independente e fazia o que achava que era certo, a despeito das consequências.

— Já gostei dela — disse Monet, dando uma cotovelada nas costelas do irmão.

— Ai — disse ele, depois sorriu.

— Ela adorava cavalgar nas trilhas dos vagões das minas — continuou Lavradora. — Seu trabalho era procurar por locais onde a rede dessas trilhas estivesse começando a aparecer para os usuários. Ela era ótima em identificar essas falhas antes que acontecessem. Ninguém questionava o julgamento dela quando ela solicitava que uma mina abandonada fosse construída.

— Isso mesmo — disse Artífice, lá na frente, olhando por cima do ombro. — Ela tinha um olho sensacional para inspecionar as ferrovias.

Lavradora sorriu.

— E como ela... morreu? — quis saber Monet.

— Quando Érebo, o rei dos endermen, atacou nossa vila — respondeu Lavradora, com a voz trêmula de emoção. — Ela se recusou a ficar para trás como todas as outras mulheres. Amazona sempre dizia que uma mulher pode fazer qualquer coisa que um homem faz, e isso significava proteger a aldeia também.

— Ela tinha razão — berrou Caçadora, lá de trás.

Lavradora olhou para Caçadora e sorriu, depois continuou:

— Quando os zumbis invadiram nossos portões e atacaram a aldeia, ela saiu correndo para impedir os monstros... E nunca mais eu a vi novamente.

— Muitas pessoas perderam a vida nesse dia — falou Artífice.

Lavradora assentiu.

— Esses primeiros dias de guerra foram terríveis — acrescentou Artífice.

— Mas ainda não acabou — retrucou Gameknight. — Ainda há monstros por aí que querem nos destruir.

— E nós também queremos destruí-los — disse Caçadora.

Gameknight suspirou, depois esticou a mão por trás de Monet e deu uma palmadinha no ombro de Lavradora, pois apoio silencioso era a única coisa que ele poderia oferecer para ela. Ela o fitou e sorriu, seus olhos castanhos simpáticos cheios de confiança no Usuário-que-não-é-um-usuário.

Mais à frente, Gameknight pôde ver o pico de gelo gigantesco, o Pai, aproximando-se cada vez mais: à medida que eles avançavam, a ponta do pico desaparecia por entre as nuvens; sua altura era impressionante. Quando chegaram até a base, Escavador atirou outro Olho do Ender para o alto. Em vez de voar para longe, o Olho simplesmente estacou diante do Pai, caindo direto no chão.

— É aqui — disse Escavador com voz grave, abaixando-se para apanhar a esfera.

— Certo, liberem um espaço de três blocos por três blocos — instruiu Gameknight.

Escavador sacou a picareta e retirou a neve de nove blocos. Embaixo deles havia ainda mais blocos de neve, que ele cavou e, por baixo, encontrou terra. Ao terminar, olhou para o Usuário-que-não-é-um--usuário.

— Agora construam uma escada em espiral para descermos.

— Achei que não deveríamos escavar para baixo — disse Monet, alcançando o irmão.

— Não — disse Gameknight. — Escavador vai construir uma escada que desça um bloco e pule outro, num padrão em espiral. As escadas nos levarão para baixo, mas criaremos degraus seguros. — Então ele se virou para Escavador: — Comece agora e peça a ajuda de quem for preciso.

— Escavar é o que sei fazer de melhor — respondeu o NPC grandalhão com um sorriso. — Não preciso da ajuda de ninguém.

— Certo, pessoal: precisamos de fortificações ao redor desse local. Caçadora, arranje o que for necessário; tenho a impressão de que assim que entrarmos naquela fortaleza, Herobrine saberá que estamos aqui.

— Beleza — disse Caçadora, depois virou-se e começou a dar ordens, seu cabelo vermelho cacheado esvoaçando ao redor do rosto sempre que ela se virava para olhar de um lado para o outro.

— E eu? — perguntou Monet.

— Ainda não — retrucou Gameknight. — Preciso de escavadores. Todos os que não estiverem ajudando a construir as fortificações precisam cuidar da mineração. Precisamos de ferro, exatamente como antes.

Uma dúzia de NPCs deixaram as espadas de lado e sacaram as pás. Escolheram um ponto e começaram a escavar, enterrando no solo primeiro as pás e depois as picaretas, ao atingirem uma camada de rocha.

— E eu? — choramingou Monet.

— Ainda não... já chego em você.

Virando-se, ele encontrou Pastor.

— Pastor, preciso de seus lobos farejando por aí em busca de monstros — disse Gameknight. — Preciso que o Menino-Lobo esteja a postos e faça o seguinte.

Gameknight explicou seu plano, desenhando-o com a ponta da espada na neve.

— Farei o que você precisar — disse Pastor, com um sorriso gigantesco no rosto.

Então ele enfiou os dedos na boca e soltou um assovio alto e agudo. Todos os lobos do acampamento uivaram e aproximaram-se correndo, seguindo Pastor enquanto ele se afastava do Pai. Depois de caminharem por uns dez blocos, metade da alcateia seguiu para o norte enquanto o restante, junto com Pastor, seguiu para o sul.

— Gameknight... — disse Monet, com um tom frustrado.

— Ainda não! — retrucou ele, irritado. — Cavalaria, preciso de guerreiros montados.

Vinte soldados saltaram para seus postos e galoparam até ele.

— Protejam os limites do acampamento e fiquem de olho na aproximação de qualquer monstro... em breve eles estarão por aqui. Se for um bando pequeno, destruam-no. — Gameknight fitou os olhos de cada NPC enquanto dava suas instruções, sabendo que aquelas ordens provavelmente levariam vários deles à morte. — Se for um grupo grande, então alguns de vocês deverão ficar aqui para atrasá-los, enquanto os outros voltam para o acampamento e avisam os demais.

Gameknight baixou o olhar e sua voz se encheu de tristeza:

— Desculpe por ter de pedir isso a vocês, mas...

— POR *MINECRAFT*! — gritou um deles, depois os outros se juntaram ao grito de guerra enquanto cavalgavam para longe.

Virando-se, o Usuário-que-não-é-um-usuário focou o olhar no ferreiro e seus aprendizes.

— Ferreiro, preciso que instale algumas bombas de flechas no campo aberto — explicou Gameknight. — Provavelmente será de lá que virá o ataque.

O ferreiro assentiu e saiu em disparada com seus assistentes, com as pás nas mãos.

— Gameknight — choramingou Monet. — TOMMY!

— Está bem! — vociferou ele, virando-se para encarar a irmã.

— O que eu devo fazer? Quero ajudar em alguma coisa... *Preciso* ajudar em alguma coisa — disse ela. — Agora esta também é a minha família.

— Certo, preciso que você faça o seguinte — explicou Gameknight. — Está vendo aquela espira de gelo ali? — Ele apontou para o Pai. — Quero que você e Costureira construam degraus na lateral e encontrem uma boa altura de onde seja possível vasculhar os arredores. Você vai usar o arco de Caçadora...

— Como é?! — berrou Caçadora.

— Eu disse: *de bom grado,* Caçadora emprestará o arco dela a você, porque ela estará lá embaixo na fortaleza comigo, onde seu arco não será de grande ajuda. — Ele olhou feio para Caçadora. Ela retribuiu o olhar, depois sorriu e entregou a Monet seu arco encantado. — Ótimo. Agora você e Costureira vão ficar de olho para ver se nenhum monstro se aproxima, e, se virem algum, atirem flechas-bombas. Entenderam?

Monet sorriu e assentiu.

— Essa é uma responsabilidade e tanto — explicou Gameknight. — E perigosa também. Se falharem...

— Eu sei, vou "atingir o chão com força demais", certo? — disse Monet, usando a expressão exibida em *Minecraft* quando alguém caía... e morria.

— Isso mesmo — respondeu Gameknight, depois aproximou-se dela e falou em voz baixa. — Você não precisa fazer isso, mas não temos muita gente e temos muito a fazer.

— Eu dou conta do recado... confie em mim — disse ela.

Parecia algo que ele mesmo dizia ao pai quando lhe pedia mais responsabilidades, como da vez em que seu pai o fez responsabilizar-se pela sua irmã na ausência dele...

Por que ele não pode estar em casa?!

Então ele pensou em seu amigo do mundo físico: Shawny.

SHAWNY... O digitalizador já está funcionando? Perguntou em sua mente, enviando aquele pensamento para os servidores de *Minecraft*, torcendo para que suas palavras aparecessem no monitor do computador do amigo.

Nada ainda, veio a resposta. *Estou desmontando algumas outras engenhocas do porão, procurando peças de reposição, mas até agora não encontrei nada que possa substituir as peças queimadas.*

Continue tentando, pensou Gameknight para o amigo. *Talvez a gente precise dele muito em breve. Tem algum usuário por aí?*

Todos se desconectaram, menos eu, respondeu Shawny. *Uma espécie de guincho se propagou em todos os servidores e fez todos caírem do sistema. Alguns dos minecrafters pensaram ter ouvido o seu nome, Gameknight, no meio do grito, mas ninguém tem muita certeza. A única coisa que sabemos é que ninguém de fora de sua casa pode entrar no seu servidor. Eu sou o único aqui.*

Talvez você possa enviar o endereço de IP pelos fóruns e abrir para eles o computador do meu pai, Gameknight pensou. *Pode ser que a gente precise de ajuda antes de isso tudo acabar.*

Estarei por aqui, respondeu seu amigo.

Beleza!

Então ele se virou para dizer algo aos construtores que estavam montando as defesas e ouviu a voz ribombante de Escavador ecoar pela escadaria em espiral.

— ENCONTREI! — berrou o NPC, subindo correndo os degraus. — A fortaleza... eu encontrei a fortaleza!

— Então chegou a hora — disse Gameknight. Virou-se e notou que todo o trabalho de construção e preparação tinha se interrompido e que todos os NPCs estavam olhando para ele. — Vou levar apenas alguns de vocês comigo até lá embaixo, mas fiquem à vontade para escolher ficar aqui em cima e esperar pela nossa volta. — Ele parou para que suas palavras fossem absorvidas e deixou que os NPCs fizessem suas escolhas. — Quem quiser ir comigo e arriscar a vida, que erga a espada por sobre a cabeça.

No mesmo instante, uma centena de lâminas se levantou no ar, sua ponta afiada como navalha cintilando à luz do sol. Até mesmo as crianças ergueram sua espada de madeira. Tampador e Enchedor ficaram na ponta dos pés, tentando ser notados e escolhidos.

O coração de Gameknight se inchou de orgulho. Todos aqueles NPCs estavam dispostos a enfrentar extremo perigo. Poderiam ter escolhido ficar na superfície e esperar até que retornassem, mas em vez disso preferiam ficar ao lado dele e enfrentar o mesmo perigo que ele enfrentaria.

A família realmente cuida da família.

— Certo. Você, você e você... — Gameknight foi andando pelo acampamento escolhendo um punhado dos melhores combatentes, depois dirigiu-se até a escada, seguido por Caçadora, Escavador e, claro, Artífice. — Lá vamos nós — disse, começando a descer os degraus.

Andando depressa, eles desceram a escada, seguindo a trilha que Escavador havia escavado em *Minecraft*. À medida que eles desciam, ia ficando cada vez mais frio — os blocos subterrâneos sugavam todo o calor e a coragem deles. Quando alcançaram o final da escada, descobriram que o caminho estava selado por blocos de pedra coberta de musgo; era a parede da fortaleza. Gameknight sacou sua picareta e abriu um buraco nas pedras. Assim que o bloco se desmanchou, um morcego escapou pela abertura e subiu pela escada espiralada.

— Parem aquele morcego... parem aquele morcego! — berrou Gameknight.

Mas todos os guerreiros, inclusive Caçadora, estavam com as espadas em punho. Não havia nenhum arco ou flecha entre eles. Enquanto o morcego voava escada acima, Gameknight soltou um suspiro. Olhou para os NPCs que estavam ali e soube que os dados tinham sido lançados, que a verdadeira batalha ainda estava por começar.

Quantos perecerão por causa de meus erros, de minhas falhas?, pensou. *Odeio essa responsabilidade... Só quero me esconder e ser uma criança novamente.*

Mas então uma voz surgiu em sua cabeça. Não era uma voz de dentro dele, mas algo que vinha do próprio âmago de *Minecraft*.

Você só pode conquistar aquilo que consegue imaginar, disse ela.

Ele sentiu arrepios percorrerem a espinha quando aquelas palavras ecoaram em sua cabeça um instante e em seguida desapareceram.

Olhou ao redor freneticamente e depois olhou para seus amigos.

— Vocês ouviram isso? — perguntou.

— Ouviram o quê? — perguntou Caçadora. — Você está falando dos guinchos daquele morcego...? Claro que ouvimos.

— Não... uma voz — disse Gameknight, com uma expressão de confusão. — Uma voz esquisita... que estava na minha cabeça.

— O que você disse? — indagou Artífice.

— Disse que escutei uma voz esquisita — respondeu Gameknight.

— Sempre soube que você era meio louco — disse Caçadora. — Mas agora você está me assustando de verdade.

— Caçadora! — repreendeu Artífice. — O que a voz falou?

— Disse: *Você só pode conquistar aquilo que consegue imaginar*, e em seguida desapareceu.

— Uau... parece meio inteligente esse conselho — replicou Caçadora, com uma risadinha. — Bem que eu queria ter pensado nisso antes.

— Caçadora, dá para levar alguma coisa a sério? — repreendeu Artífice.

— Não se eu puder evitar!

— Chega! Está na hora de a gente se concentrar — interrompeu Escavador com sua voz trovejante.

— Vamos nessa! — disse Gameknight, e em seguida entrou na fortaleza, sentindo o medo roer sua coragem pelas beiradas.

CAPÍTULO 11
A FORTALEZA

Assim que Gameknight999 entrou na fortaleza, sentiu a imensa aura de idade do lugar, que parecia e cheirava a algo antiquíssimo; devia ter cem anos, se não mais. Talvez fizesse parte da versão pré-alfa de *Minecraft*... ou do primeiro protótipo feito por Notch. Gameknight não sabia ao certo, mas o que com certeza dava para perceber é que aquela fortaleza era diferente.

Uma longa passagem estendia-se para a esquerda e a direita, com paredes feitas de tijolos de pedra. Cobrindo as paredes ao longo de todo o seu comprimento, via-se musgo esverdeado, que crescera à medida que o líquen preguiçosamente tomou conta delas ao longo dos séculos. Gameknight passou a mão sobre os blocos frios e sentiu que alguns deles estavam rachados e desgastados pela ação do tempo. Na escuridão, ele mal conseguia distinguir o que havia no fim do corredor, muito embora pudesse vislumbrar a silhueta de alguma coisa.

Colocou uma tocha na parede e viu que o túnel se estendia por mais ou menos doze blocos de comprimento em ambas as direções, depois chegava a uma esquina onde a passagem se dividia em duas. Havia grades de ferro presas nas paredes de pedra e no teto; provavelmente deviam ser suportes para ajudar a sustentar o teto. Gameknight aproximou-se do suporte de metal e correu a mão de blocos pela superfície fria. Era áspera e cheia de buracos nos pontos onde a ferrugem corroera as barras, ao longo dos anos.

— Certo, precisamos encontrar a biblioteca o mais depressa possível — explicou Gameknight. — Tenho certeza de que Herobrine sabe que estamos aqui. Se não sabe, então aquele morcego provavelmente vai informar alguém, portanto não temos muito tempo. Artífice, alguma ideia de onde estamos?

— Precisamos encontrar o salão da fonte — disse o jovem NPC. — Uma vez lá, acho que consigo localizar a biblioteca.

Gameknight olhou para os NPCs. Eram doze, contando com ele. Desejou que fossem mais, mas não quis arriscar mais vidas desnecessariamente.

— Vamos nos dividir em grupos de quatro e escolher passagens diferentes para vasculhar — disse Gameknight. — Coloquem tochas atrás de vocês, para que consigam enxergar para onde estão indo. Posicionem-nas no lado direito da passagem. Depois que conferirem um cômodo, coloquem tochas tanto no lado esquerdo quanto no direito da porta. Se virem uma parede vazia, quebrem alguns blocos para conferir se existe algum cômodo escondido atrás. Para voltarem até aqui, sigam as tochas, mas as da esquerda. Com sorte ninguém irá se perder. Quando alguém encontrar a biblioteca, gritem e voltem para cá. Todo mundo entendeu?

Eles assentiram, depois partiram cada qual em sua direção.

Gameknight ficou com Caçadora, Artífice e Escavador. Eles seguiram a passagem à direita, depois subiram uma escada de pedregulho que levava ao próximo nível escuro. Imediatamente descobriram um baú de madeira numa plataforma de pedra, com blocos dispostos dos dois lados. Gameknight aproximou-se do baú cuidadosamente, para evitar possíveis armadilhas, e abriu-o cautelosamente. As dobradiças rangeram e gemeram quando a tampa foi erguida, lançando para cima poeira numa névoa. Lá dentro, ele encontrou pão, uma maçã e alguns lingotes de ferro; o ferro poderia vir bem a calhar.

Reuniu o conteúdo do baú e fechou a tampa, depois olhou em torno da passagem e estremeceu. A escuridão envolvia o corredor. Colocou uma tocha na parede e a luz espalhou-se ao redor, mostrando um corredor de tijolos vazio com grades de ferro acopladas nos blocos rachados de argamassa e mais blocos verdes de musgo decorando as paredes. Gameknight seguiu em frente com os outros pelas passagens mal iluminadas, colocando tochas cuidadosamente na parede direita.

De repente, uma aranha desceu do teto e caiu bem na frente de Artífice. Antes que ele pudesse brandir sua espada, Escavador atacou o monstro com sua picareta. Gameknight ficou chocado com a ferocidade de seu ataque: a picareta movia-se em um constante borrão, golpeando o monstro tão rápido que nem dava para vê-la. A aranha não teve a menor chance.

— Obrigado, Escavador — disse Artífice.

O NPC grandalhão sorriu e então caminhou para a frente, para verificar a passagem seguinte.

Um gemido lamentoso veio do corredor de pedra, ecoando pelas paredes. Era impossível saber de que direção vinha aquele uivo.

— Zumbis — sussurrou Gameknight. — Precisamos tomar cuidado.

Escavador olhou para o Usuário-que-não-é-um-usuário e assentiu, depois continuou a conduzir o caminho, com Caçadora a seu lado. Enquanto isso, Artífice ia colocando tochas na parede e Gameknight999 vigiava a retaguarda. No caminho, passaram por aposentos que Gameknight sabia serem celas de prisão: as paredes tinham sido construídas com grades de ferro e a porta de mesmo material estava aberta.

O uivo de zumbis ressoou mais alto — eles estavam chegando perto.

Gameknight segurou a espada com firmeza e foi seguindo os amigos, olhando frequentemente por cima do ombro para ter certeza de que não havia nenhum monstro perseguindo-os. Mais à frente, avistou uma porta de ferro a distância. Os gemidos pareciam estar vindo do outro lado. O grupo se aproximou com cautela, as armas desembainhadas, mas mantendo as tochas nos inventários: não queriam denunciar sua presença.

Gameknight foi até a porta e posicionou-se ao lado do botão de ferro.

— Vocês estão prontos? — sussurrou para seus amigos, na escuridão.

Todos assentiram.

— Artífice, coloque uma tocha na parede assim que eu abrir a porta — disse Gameknight. — Queremos atraí-los até esse cômodo.

O jovem NPC assentiu.

— Preparados? Agora!

Ele acionou o interruptor, fazendo com que a porta se abrisse. No mesmo instante, o corredor se encheu de gemidos e grunhidos de zumbis. Quando Artífice posicionou sua tocha, o cômodo se iluminou bruscamente. Gameknight foi até a porta e se espantou ao ver quatro aldeões zumbis, suas pupilas de um tom vermelho intenso. Eles tentaram agarrá-lo com as garras negras afiadas, mas Caçadora foi mais rápida: sua espada de ferro destroçou um dos monstros e consumiu lentamente o seu HP. Gameknight virou-se para atacar outra criatura, girando para a esquerda enquanto sua espada atingia a lateral do zumbi. Recuou e deixou que a criatura avançasse sobre ele, mas em seguida saltou repentinamente e a atacou, brandindo a espada.

O ser desapareceu com um estouro.

Sem esperar para ver o que havia restado do monstro, Gameknight virou-se para enfrentar o seguinte, que estava avançando sobre Artífice. Suas garras cintilavam à luz da tocha, dando a impressão de emitirem brilho próprio. Gameknight deu um golpe rasante e atingiu as pernas do zumbi, enquanto Artífice atacava-o por cima. O zumbi emitia um brilho vermelho enquanto as duas espadas o destroçavam.

Pop... sumiu.

Agora, um zumbi solitário estava diante deles. Escavador já o havia encurralado, sua grande picareta preparada para castigar a criatura. Gameknight percebeu que o HP do monstro estava quase no fim: um único golpe o destruiria. Aproximou-se dele, bem devagar.

— Onde fica o salão da fonte? — perguntou-lhe Gameknight.

O zumbi olhou instintivamente para a passagem da esquerda.

Gameknight sorriu.

O monstro então fitou as letras que pairavam acima da cabeça de Gameknight, mas, ao olhar mais para cima, notou que não havia nenhum filamento de servidor e percebeu quem estava diante de seu rosto decrépito.

— O Criador está procurando por este... usuário — grunhiu o zumbi.

— Eu sei disso — replicou Gameknight. — Mas o "Criador", como você diz, não vai me encontrar.

— O Criador enviou uma mensagem a todos os zumbis, ordenando que encontrassem o Usuário-que-não-é-um-usuário — disse a criatura, com um grunhido semelhante ao de um animal.

Gameknight sentiu pena do zumbi. Um dia ele fora um aldeão, mas um zumbi o infectara e ele tinha virado a *coisa* à sua frente. Sua mente de NPC se transformara de algo que valorizava a vida para algo que desejava apenas a destruição. Era triste.

— Qual é a sua mensagem, zumbi? — indagou Caçadora. — Conte-nos, e talvez o deixemos viver.

— O Criador mandou todos os zumbis destruírem os NPCs da Superfície até que o Usuário-que-não-é-um-usuário se renda. Até lá, os zumbis de todos os servidores devem vir para este servidor e punir aqueles que reivindicam a Superfície como casa. A segunda grande invasão de zumbis começou, e só terminará depois que o Usuário-que-não-é-um-usuário se render.

O zumbi olhou para os NPCs e depois, novamente, para Gameknight.

— A mensagem foi recebida? — indagou o zumbi.

— Sim, eu ouvi seu recado! — vociferou Gameknight.

Então o zumbi-aldeão pareceu quase satisfeito, como se seu sofrimento estivesse prestes a terminar. Grunhiu e atacou Gameknight999, estendendo as garras afiadas como navalhas. Os três NPCs brandiram suas armas para a criatura antes mesmo que ela conseguisse dar um único passo. Ela desapareceu com um estouro, deixando para trás um pouco de carne de zumbi e três bolinhas cintilantes de XP. Gameknight poderia jurar que, no momento da morte daquele monstro, ele o vira sorrir.

— Rápido, por ali! — disse Artífice, disparando pela passagem à esquerda.

Os outros o seguiram de perto, movendo-se pelos corredores escuros. Artífice ia colocando tochas nas paredes à medida que caminhavam, tendo ao seu lado Caçadora e Escavador, enquanto Gameknight vigiava a retaguarda. Depois de aproximadamente dez blocos, eles chegaram a uma porta de madeira. Abriram-na com cuidado e encontraram um cômodo amplo e escuro, onde se ouvia o som de água corrente em meio às sombras. Quando Artífice colocou uma tocha na parede, eles foram recebidos pela visão de uma enorme fonte azul. A água fluía de um pedestal que fora colocado exatamente no meio do salão, o líquido caindo num recesso que fora escavado em torno da fonte.

— É aqui — disse Artífice, olhando em torno. — Caçadora e Escavador, voltem e tragam os outros. É aqui que a nossa busca realmente começa.

— É aqui que ela começa? — indagou Caçadora. — E o que a gente esteve fazendo esse tempo todo: dando um passeio?

— Apenas vá... depressa! — disse o jovem NPC.

— Venha, Caçadora — chamou Escavador com sua voz grave ribombante. — Vamos seguir as tochas e encontrar os demais.

Os dois NPCs saíram, deixando Artífice e Gameknight999 a sós.

Juntos, eles caminharam pelo salão, colocando tochas nas paredes para afastar as sombras. Nuvens de poeira rodopiaram pelos ares enquanto os pés deles arrastavam-se pelo chão, o que fez Gameknight sentir vontade de espirrar. O som dos passos dos dois ecoava pelas paredes e retornava de todas as direções... o único outro som que se ouvia era o da água fluindo. Era evidente que havia muito, mas muito tempo que ninguém frequentava aquele salão. Os ecos solitários dos pés deles fizeram Gameknight ter a impressão de que estavam completamente sozinhos, destacados do tempo e transportados para uma época muito antiga.

Enquanto eles percorriam os limites do salão, o Usuário-que-não-é-um-usuário teve de súbito a impressão de ter ouvido outro tipo de som... um som muito parecido com um chapinhar. Ele sabia que já tinha ouvido aquilo antes, mas não conseguia se lembrar de onde. Era um ruído difícil de identificar, por causa de tanto eco e do barulho da água... impossível de reconhecer. O que ele sabia, porém, é que aquele som significava encrenca, e que ela estava escondida em algum lugar daquela fortaleza... esperando por eles.

CAPÍTULO 12
A BIBLIOTECA

Dali a mais ou menos cinco minutos, o som de passos começou a ecoar nos ouvidos dos dois. Os outros NPCs tinham chegado para se juntar a Gameknight e Artífice no salão da fonte. Tinham sido conduzidos até lá por Escavador, com Caçadora na retaguarda do grupo.

— Desculpe por termos demorado tanto — disse Escavador.

— É que tivemos de salvar alguns desses cabeças-de-vento dos creepers — acrescentou Caçadora.

— Eles haviam prendido a gente num depósito — explicou Plantador, abaixando a cabeça. — Não queríamos provocar uma detonação que pudesse desencadear uma explosão em cadeia... Os creepers eram muitos.

— Ei, vocês já ouviram falar de uma novidade chamada luta? — zombou Caçadora. — Já falei mais de cem vezes que, quando vocês virem um creeper, devem atacar e não deixar que ele termine a ignição. Se fugirem, ele explode.

— Eu sei... mas a gente estava com um pouco de medo.

Caçadora foi até Plantador e pousou a mão em seu ombro.

— Da próxima vez você vai se sair melhor, tenho certeza — disse ela, com um tom surpreendentemente livre de sarcasmo.

— Ei, precisamos focar! — interrompeu Gameknight. — Artífice, onde fica a biblioteca?

— No final de um desses corredores — respondeu o jovem NPC, rodeando a fonte.

O som gorgolejante da água mascarava o ruído que Gameknight pensou ter ouvido antes.

— Então vamos nos dividir e procurar em todos eles — declarou Gameknight. — Mas precisamos nos apressar.

Eles se dividiram em quatro grupos. Artífice e Escavador ficaram com Gameknight, enquanto Caçadora foi com Entalhador e Plantador. Padeiro e Tecelão seguiram com Talhador de Pedra, enquanto Corredor, Sapateiro e Carpinteiro enveredaram pelo último corredor. Cada grupo escolheu uma das passagens escuras e seguiu por ela, colocando tochas pelo caminho à medida que avançavam.

Artífice seguiu na frente do seu grupo, Gameknight atrás. Enquanto eles caminhavam, ouviam o estalo de aranhas e o som de ossos se chocando — provavelmente de esqueletos. Viraram a esquina e se depararam com um baú. Escavador, depois de conferir cuidadosamente se não havia nenhuma armadilha, abriu-o com cuidado. Encontrou uma espada de ferro e três maçãs.

— Pode ficar com as maçãs, Escavador, você está com cara de fome — disse Gameknight.

— Então fique com a espada, eu não preciso dela — replicou Escavador, deslizando a mão pela sua picareta.

De repente, no final do corredor escuro, uma flecha irrompeu das sombras e quicou na armadura de ferro de Artífice. Esqueletos!

— Ah, mas você não fez isso! — berrou Gameknight.

O Usuário-que-não-é-um-usuário disparou para a frente, pronto para enfrentar a nova ameaça. Ao passar por Escavador, puxou a espada de ferro que estava na mão do NPC grandalhão e segurou-a com a mão esquerda, enquanto na direita levava a sua espada de diamante encantada. Brandindo ambas as lâminas como se fossem uma extensão do próprio corpo, Gameknight atacou os esqueletos com raiva, encurralando os inimigos numa parede. Golpeou um deles, derrubando o arco da mão ossuda do esqueleto. Então, girou e atacou o outro, enquanto ao mesmo tempo, com a sua espada de diamante, defendia-se de uma flecha que fora mal atirada. Saltou para o alto e golpeou os dois monstros de uma só vez, consumindo o HP deles como se fosse um tornado rodopiante destruidor. Em questão de segundos, o corredor estava coberto de ossos de esqueletos e bolinhas de XP. Todos tinham sido destruídos.

Após reunir os ossos para Pastor, Gameknight voltou até os amigos. Os dois o encaravam cheios de espanto e admiração.

— Minha nossa, o que foi aquilo? — indagou Artífice.

— Bom... fiquei meio fulo da vida quando um deles atirou em você.

— "Meio"? — perguntou Escavador. — Você chama isso de "meio"? Não quero estar por perto quando você estiver furioso, então.

— E esse negócio com as duas espadas, hein? — indagou Artífice.

— Sei lá — respondeu Gameknight. — Parecia a coisa certa a fazer, acho.

Artífice e Escavador se entreolharam admirados, depois viraram-se para encarar novamente o Usuário-que-não-é-um-usuário.

— Que foi? — perguntou ele.

— A última pessoa a brandir duas espadas desse jeito foi meu bisavô, Ferreiro, na primeira grande invasão dos zumbis — explicou Artífice. — Isso incitou os NPCs a lutarem com mais ânimo e mudou o curso da guerra. É algo que não acontece há cem anos.

— Ah, não foi grande coisa — replicou Gameknight. — Vamos manter isso em segredo entre nós, que tal?

— Não foi grande coisa? — exclamou Escavador.

— Manter em segredo? — acrescentou Artífice.

Os dois NPCs se entreolharam, depois gargalharam pela primeira vez desde...

— Venham — disse Gameknight, com um tom frustrado e quase irritado. — Precisamos encontrar a biblioteca. Não temos tempo para essas coisas.

— Às vezes, Usuário-que-não-é-um-usuário, é importante notar os momentos da sua vida que podem mudar o curso de tudo — falou Artífice.

— Tanto faz — respondeu Gameknight. — Vamos nessa.

— Certo.

Eles continuaram caminhando pelo corredor, conferindo todos os ambientes que se ramificavam em diferentes direções... mas sem sorte.

— Talvez estejamos no corredor errado — sugeriu Escavador. — Eu sou azarado.

— Não, espere... Vocês estão sentindo esse cheiro? — perguntou Artífice, respirando fundo.

Gameknight e Escavador pararam para inspirar, mas não sentiram nada.

— Sigam-me! — disse o jovem NPC, enquanto saía correndo pelo corredor.

Os outros dois lutaram para manter o mesmo ritmo que Artífice, que seguia em disparada ignorando os cantos escuros. Ele estacou diante de uma porta de madeira. Luz irrompia das janelas dessa porta, lançando raios dourados que iluminavam os pequeninos cubos de poeira que flutuavam nas fatias de luz.

— É aqui — disse Artífice, abrindo a porta.

Instantaneamente, veio o aroma de pergaminho velho e empoeirado numa lufada de ar, dando a Gameknight vontade de espirrar. Era um cheiro extremamente antigo, como se a idade da fortaleza inteira estivesse comprimida naquela pequena biblioteca.

Gameknight entrou e foi recebido por prateleiras e mais prateleiras de livros que se estendiam por sobre a sua cabeça. Viu que havia uma passarela formando um segundo andar, que circundava a sala, com estantes em todas as paredes. Um lustre ornamentado pendia no centro do salão, iluminando ambos os pisos e afastando as sombras daquele lugar sagrado.

De repente, algo se moveu à esquerda de Gameknight. Um silvo começou a encher seus ouvidos. Virando-se, viu um creeper logo atrás da estante adjacente. Golpeou-o com a espada de diamante e interrompeu sua ignição, depois empurrou-o alguns passos para trás. A criatura ficou parada olhando para ele, seus olhos frios e mortos cheios de ódio e de desejo de tomar a sua vida. Bem, não teria essa chance. Gameknight atacou o monstro e o acertou no ombro. O creeper tentou mais uma vez entrar em ignição, mas o Usuário-que-não-é-um-usuário já o golpeava outra vez, e mais outra, impedindo que o processo de ignição recomeçasse. Em segundos, o monstro havia desaparecido.

Então um gemido de zumbi preencheu a sala, seguido de outro. Indo em direção ao som, Gameknight correu até o final da estante e dobrou a esquina, mas ficou preso em alguma espécie de teia de aranha... sua espada acabou irremediavelmente enredada. Num instante ele se viu imobilizado, incapaz de correr e de levantar a espada... estava preso. No final do corredor, avistou dois zumbis escondidos nas poucas sombras que existiam na biblioteca. Ao verem Gameknight, arremeteram para atacá-lo com as garras negras e afiadas como navalhas estendidas. Enquanto eles vinham em sua direção arrastando os pés, Gameknight tentou de todas as maneiras libertar sua arma. Puxou o punho da espada e tentou erguê-la para que pudesse se proteger, mas foi inútil. Seus braços só se enredaram ainda mais no filamento pegajoso. Ele tinha sido apanhado como uma mosca em uma teia de aranha.

Os zumbis se aproximaram, seu cheiro de decomposição começou a atingir as narinas de Gameknight e a revirar seu estômago.

Preciso soltar a minha espada... agora!

Puxou com toda a força, mas a teia pegajosa estava prendendo-o firmemente em seu aperto de seda.

Eles estavam se aproximando.

Gameknight puxou sua mão livre, esperando poder desembainhar a espada de ferro e defender-se, mas ela também estava presa. Começou a entrar em pânico. De repente, um grunhido veio de trás dele. Esforçando-se para olhar por cima do ombro, viu outro zumbi se aproximando na direção oposta: ele estava cercado.

Os primeiros dois zumbis estavam quase alcançando-o.

Ele tentou se desvencilhar com cada vez mais força das teias de aranha, mas não conseguiu.

Devo gritar por ajuda?, pensou, mas talvez isso atraísse ainda mais monstros.

Olhou para os monstros se aproximando e viu que estavam a poucos passos de distância... ele não tinha escolha. Justamente quando estava prestes a gritar, Escavador virou a esquina e correu na direção das duas criaturas.

— Nem pensar! — gritou ele, sua voz retumbante ecoando em toda a biblioteca, fazendo com que a poeira caísse das estantes. — POR *MINECRAFT*!

Sua picareta era um borrão quando atravessou os dois monstros. As criaturas se viraram ao sentir o golpe daquela poderosa arma e voltaram suas garras para ele, mas tinham poucas chances. Escavador destroçou uma delas e em seguida a outra, consumindo o HP de ambas em questão de segundos.

E de repente, onde antes havia dois monstros, não havia mais nenhum.

Um gemido soou atrás Gameknight. Virando a cabeça, ele viu que o último zumbi estava quase em cima dele. Escavador estava do outro lado do corredor, longe demais para ajudar. Gameknight puxou várias vezes o braço da espada, mas ainda estava preso.

— Gameknight... não se mexa! — gritou Escavador.

— "Não se mexa"..? Você está de brincadeira? Não *dá* para eu me mexer!

— Ótimo! — retrucou o NPC grandalhão.

Segurando o cabo da picareta com as duas mãos, ele a ergueu por cima da cabeça e, em seguida, deu um passo para a frente e atirou-a com toda a força. A ferramenta rodopiou pelos ares até atingir o zumbi com um ruído seco. A criatura tropeçou a esmo, emitindo sem parar um clarão vermelho. E, num segundo, Artífice já estava atrás dela, atravessando suas costas com a espada. Não demorou e ela desapareceu.

Artífice foi até Gameknight999 e cortou a teia de aranha com sua espada. Era a única maneira eficiente de romper aquelas estruturas de seda.

— Você está bem? — perguntou Artífice.

— Sim... graças a Escavador, e a você.

— Eu encontrei o que estamos procurando — disse Artífice. — Venha rápido.

O jovem NPC correu para uma escada que levava ao piso superior, com os outros logo atrás dele. Correu ao redor da passarela e parou em frente a uma estante, onde os tomos à sua frente pareciam antigos e desgastados. Gameknight percebeu que pareciam ser os mesmos livros que tinham visto na última fortaleza, antes de irem até o Fim. Viu inúmeros títulos que ele reconheceu: um livro chamado *A grande invasão dos zumbis*, um outro chamado *A grande vergonha dos ghasts*, outro intitulado *A junção* e um último, que parecia mais velho do que os restantes, e se chamava *O despertar de* Minecraft.

Como é possível que estes livros estejam aqui, se eu os vi na biblioteca da outra fortaleza, num servidor totalmente diferente?

Ele estendeu a mão e retirou da estante *O Despertar de* Minecraft, olhando para a capa cheio de espanto e confusão.

— Eu sei o que você está pensando — disse Artífice. — Como é possível que estes livros estejam aqui, se nós os vimos na outra biblioteca?

Gameknight assentiu.

— Veja bem, as bibliotecas das fortalezas são como baús do ender — Artífice explicou. — O que existe em uma acaba indo para todas. Todas as bibliotecas têm os mesmos livros, não importa o servidor em que esteja.

Gameknight assentiu novamente e colocou o antigo livro de volta na prateleira. Artífice então estendeu a mão na frente do amigo e retirou um volume chamado *O Oráculo*.

— Aqui está o que eu procurava — disse Artífice.

— E se a gente o levasse conosco e desse o fora daqui? — perguntou Gameknight.

Artífice fez que não.

— Estes livros não podem jamais sair das bibliotecas — explicou. — Se isso acontecer, eles virarão poeira. Só podem sobreviver aos estragos do tempo no interior destas paredes. Devemos lê-lo aqui.

— Então, Escavador, vá chamar os outros para cá — ordenou Gameknight. — Siga as tochas de volta até o salão da fonte.

— Pode deixar — disse o NPC, correndo de volta até a escada e depois desaparecendo de vista.

— Certo, vamos encontrar as informações de que precisamos e dar o fora daqui — disse Gameknight ao amigo. — Eu tenho a sensação de que algo muito ruim está prestes a acontecer.

— Isso vai ser rápido — garantiu Artífice enquanto folheava rapidamente as páginas. — Aqui está... ahh... é disso que precisamos. Diz aqui: "O Oráculo é uma criatura de poder e de maravilha. Ela foi trazida para *Minecraft* para nos salvar da devastação do Intruso. Embora sua solução não seja rápida, salvará a todos nós no final. Impedir o Intruso exigirá a força e sacrifício de muitos, mas toda a esperança reside no Usuário-que-não-é-um-usuário. Somente ele poderá salvar *Minecraft* desta ameaça. Parecerá impossível, às vezes, pois o Intruso é forte e cheio de recursos, mas o Usuário-que-não-é-um-usuário não deve desistir. Você só pode conquistar aquilo que acredita que pode conquistar." O texto segue um pouco e então...

— O que dizia aí no final... nessa última frase, mesmo?

— Ahh... sim, aqui está: "Você só pode conquistar aquilo que acredita que pode conquistar." Foi o que a voz lhe disse... certo? — perguntou Artífice. — É como se o texto estivesse falando diretamente com você.

Calafrios percorreram a espinha de Gameknight.

Ele estremeceu por um instante e, em seguida, olhou para Artífice.

— Aí diz como encontrar o Oráculo?

Artífice folheou o livro mais um pouco e, em seguida, parou em uma página que estava um pouco rasgada. Parecia haver manchas nela, como se algo tivesse sido derramado na parte inferior... algo vermelho.

— Diz aqui: "Continue o caminho indicado pelas grandes espiras de gelo. Os dois filhos apontam para o pai, que por sua vez aponta o caminho para o Oráculo. Siga o sol nascente e encontrará seu templo. Mas cuidado com a selva, pois ela esconde criaturas mortais capazes de impedir o caminho de todos, até os mais valentes e resistentes."

Artífice fechou o livro e o colocou de volta na estante. Quando se virou para encarar Gameknight999, ouviu uma comoção no piso térreo da biblioteca — muitos pés arrastavam-se pelo chão de madeira empoeirado. Desembainhando a espada de diamante, Gameknight caminhou até a escada e levantou sua arma, preparado para atacar. O cabelo vermelho de Caçadora de repente apareceu pela abertura, seus olhos castanhos cálidos o encararam.

— Está querendo me oferecer um corte de cabelo ou algo assim? — indagou ela, com um sorriso. — Não é nada pessoal, mas dispenso. — Ela então olhou para Artífice. — Você encontrou o que precisava?

O jovem NPC acenou com a cabeça e sorriu.

— Então vamos sair daqui — acrescentou ela, voltando a descer a escada.

Gameknight também desceu, e encontrou um grupo de NPCs na biblioteca, alguns deles lá fora no corredor de pedra. Escavador estava ao lado da porta, com sua poderosa picareta apoiada no ombro.

— Encontramos o que precisávamos — disse Gameknight aos NPCs.

Olhando para o grupo, viu que alguns não estavam ali.

— Onde estão Plantador, Padeiro e Tecelão? — perguntou Gameknight.

— Eles estão guardando o túnel — respondeu Escavador. — Achamos melhor nós...

De repente, uma voz ecoou pelo corredor de pedra.

— CREEPERS! — gritou ela. Era Plantador. — CREEPERS...!

Uma explosão sacudiu as fundações da fortaleza, cortando abruptamente a voz de Plantador. Uma nuvem de poeira atravessou o corredor, fazendo os NPCs tossirem e lutarem para respirar.

Um grito cortou o ar empoeirado, seguido por um som que só poderia ser o de um bloco de pedra sendo quebrado. Outra explosão abalou o corredor, seguida pelos ruídos de mais blocos quebrados.

— O que está acontecendo? — perguntou Padeiro, com a voz trêmula de medo.

— Eu não sei — respondeu Escavador —, mas eu acho que é melhor a gente cair fora daqui.

— Concordo — disse Gameknight. — Vamos nessa.

Ao sair para o corredor, seus ouvidos foram imediatamente tomados pelo ruído de um chapinhar, como se algum tipo de criatura estivesse se arrastando pelo chão. Desta vez, porém, não parecia ser apenas uma única criatura solitária: soava como se houvesse muitas delas.

Virando-se para olhar para seus companheiros, ele percebeu que todos ouviram o som... e que todos pareciam assustados.

— O que é isso? — perguntou Entalhador.

— Eu não sei — respondeu Corredor.

— Eu sei o que é — retrucou Gameknight com a voz trêmula de medo.

— O quê? — perguntou Caçadora. — O que é isso?

— É o enxame.

CAPÍTULO 13
O ENXAME

Eles saíram correndo da biblioteca e foram em direção à única saída que conheciam. O problema era que também estavam correndo em direção ao som. Virando a esquina, descobriram que toda uma seção do corredor tinha desaparecido, o chão repleto de pedaços de piso e de parede que haviam sido claramente vítimas do abraço explosivo dos creepers. Havia tochas espalhadas pelo chão, bem como alguns itens de inventário... provavelmente eram os restos dos NPCs de quem eles tinham notado a falta.

De repente, ouviram o som de pés correndo em sua direção, através da escuridão. Sacando a espada, Gameknight foi para a frente do grupo e preparou-se para a batalha. Caçadora foi até seu lado e colocou uma tocha na parede. Quando o círculo de luz se expandiu, viram Tecelão correndo em direção a eles, com um olhar de pânico. Sua armadura de ferro estava amassada e rachada, como se ele houvesse participado de uma grande batalha.

— Eles estão vindo... corram! — exclamou Tecelão assim que se aproximou.

Alcançou Gameknight e Caçadora, mas não parou. Escavador esticou o braço e segurou o NPC com força, mas o impulso do aldeão fez com que ambos caíssem no chão.

— Tecelão — disse Artífice ajudando o NPC a se levantar —, tente se acalmar e nos dizer o que aconteceu.

— Os dois já eram — falou ele, tentando recuperar o fôlego. — Ambos estavam ali parados, mas então Plantador viu os creepers e os atacou. Conseguiu destruir dois deles antes de os outros explodirem.

— Todos os creepers se foram? — perguntou Caçadora.

— Apenas um sobreviveu, mas ele levou Padeiro.

— Então todos eles se foram — disse Caçadora. — Estamos a salvo?

— NÃO! — exclamou Tecelão. — Havia algo além dos creepers! — Ele parou por um momento para recuperar o fôlego e, em seguida, continuou: — Aquelas coisas saíram de dentro dos blocos... umas coisinhas espinhosas com corpos segmentados.

Caçadora olhou para Gameknight como se não pudesse acreditar no que estava ouvindo.

— Eu os vi! — acrescentou o NPC. — Eles eram cor de rocha... todos cinzas. No começo não os vimos; os monstrinhos se camuflavam com os tijolos de pedra, mas, depois, vimos seus olhinhos refletindo a luz das tochas. Pensamos que poderiam ser morcegos, mas então eles começaram a fazer aquele som de chiado estranho. De repente, estavam todos em torno de nós, saídos bem de dentro dos blocos. Eu matei dois deles, mas para cada um que eu atacava, outro saltava de um bloco, e depois outro e mais outro.

— Do que você está falando? — perguntou Artífice.

— Das traças — respondeu Gameknight. O som de chiado e chapinhar de repente começou a fazer sentido para ele. — Elas estão espalhados pelas fortalezas. Você mata uma e duas outras saem dos blocos. Eram essas criaturas que estavam fazendo aquele som de chapinhar e guinchar que escutamos lá no salão da fonte. As traças devem ter sido o enxame que acabou com os jovens que vieram para cá tantos anos atrás.

— O que vamos fazer? — perguntou Entalhador. — Lutar?

— NÃO! — exclamou Gameknight, irritado. — Nós não lutamos contra esses monstros... nós fugimos deles. As traças não desistem nunca de atacar, e, quando você fere uma, ela chama as demais que estão escondidas nos blocos por perto, aumentando seu número até que cubram como um enxame tudo o que estiver em seu caminho. — Gameknight olhou para seus companheiros, para ter certeza de que estavam ouvindo, pois a vida de todos dependia disso. — Não, não lutamos com elas... nós fugimos, o mais rápido possível.

Neste exato momento, a passagem se encheu dos sons de chapinhar e chiados de um grande grupo de traças. Todos se viraram para o lugar de onde vinha o som. Na escuridão, Gameknight viu os olhinhos minúsculos e redondos olhando para eles. E, então, um dos monstros avançou e ficou sob a luz. Era de cor acinzentada e tinha um corpo parecido com o de um rato, segmentado com minúsculas plaquinhas que formavam uma couraça. Espinhos pontudos estendiam-se ao longo de suas costas e cauda, mortais ao toque. Gameknight encolheu-se ao vê-los.

O que Notch estava pensando quando criou esses aí para o jogo?

— Nós não podemos ficar aqui — disse Talhador de Pedra. — Temos que fazer alguma coisa.

— Nós vamos fazer alguma coisa — retrucou Gameknight. — Vamos sair correndo. — Ele então virou-se e encarou os outros NPCs. — Não parem por nada. Se pararem para lutar, esses monstros irão cercá-los e num piscar de olhos vocês estarão condenados. Corram... corram por suas vidas!

Embainhando a espada, Gameknight virou-se de frente para as criaturinhas nojentas e, em seguida, correu na direção delas, de olho no corredor da saída que estava atrás do enxame. Ouviu os outros seguindo-o de perto, mas não se atreveu a olhar para trás.

Assim que ele se aproximou da traça, saltou sobre o monstro e, em seguida, pulou para o lado quando um outro correu em sua direção. Ele virou-se em direção à esquina mais próxima e descobriu que o corredor tinha pelo menos umas vinte daquelas criaturas esperando por ele. Resistindo à vontade de desembainhar sua espada, Gameknight correu direto para os monstros, saltando o mais alto que podia. Entretanto, às suas costas, ouviu o som de pequenos guinchos quando um dos NPCs atacou-os com sua espada.

— Não, não os ataque! — gritou Gameknight, mas sua voz foi abafada pelos ecos das lâminas resvalando a pedra.

CRAC!

Ouviu um bloco se quebrar nas proximidades. Mais duas criaturas saltaram em direção a ele. Gameknight esquivou-se para o lado e continuou a correr. Enquanto corria, entretanto, ouviu mais blocos se quebrando, e o volume do som de chiados e chapinhar foi ficando cada vez mais alto.

Um grito atravessou o túnel quando um dos NPCs caiu. Ele percebeu, pelo som, que as traças estavam se sobrepujando àquele pobre coitado. Resistiu ao desejo de voltar para ajudar, pois Gameknight sabia que tudo o que podia fazer agora pelos amigos era chegar até a saída e verificar que estava segura.

Seguindo as tochas, ele abriu caminho pelos túneis serpenteantes, subindo lances de escada e descendo corredores desertos. Em todos os lugares, viu traças emergindo dos blocos. Os NPCs tolos que estavam atrás dele tentaram combatê-los. Saltando por cima do que ele pensava ser o último dos monstrinhos, Gameknight disparou em direção à escada espiralada feita por Escavador. Mais gritos ecoaram atrás dele, mas Gameknight continuou correndo. Ouviu os passos dos outros NPCs logo às suas costas. As traças estavam agora atrás do grupo, perseguindo o seu membro mais vagaroso.

Outro grito ecoou pelo corredor quando o som de uma espada de ferro se chocando contra a pedra encheu seus ouvidos. Quem quer que estivesse lá atrás estava tentando lutar contra aquelas criaturas, mas, a cada golpe que dava em uma delas, duas outras emergiam das paredes. Então os gritos pararam, e a espada caiu no chão com um ruído metálico.

Mais um que se foi por minha causa.

Em seguida, eles alcançaram as escadas. Gameknight parou para prender mais tochas nas paredes, colocando-as um pouco mais alto para que todos pudessem enxergar melhor.

— Andem logo, subam as escadas! — gritou Gameknight, parado junto à saída.

Entalhador, que estava bem atrás dele, subiu correndo os degraus sem dizer uma palavra, seguido por Corredor e Sapateiro. Caçadora alcançou Gameknight e o empurrou em direção à saída.

— Vá! — gritou ela.

Mas Gameknight fez que não.

— Não até que os outros estejam a salvo — retrucou ele. — Vá você!

— Eu vou esperar aqui por um tempo — disse ela, enquanto desembainhava a espada.

O som de uma cauda raspando a pedra, misturado com o ruído de pezinhos minúsculos correndo, começou a encher o corredor.

— Aí vêm os outros — disse Caçadora, dando um passo para a frente e segurando sua espada em guarda baixa.

Gameknight viu Artífice e Escavador correndo com todas as suas forças, seguido por Carpinteiro logo atrás. De repente, Carpinteiro caiu. Seus gritos encheram a passagem quando uma onda de traças escamosas o engolfou como se fosse uma onda do mar. O corpo de Carpinteiro emitiu um clarão vermelho, como uma luz estroboscópica... e então, em poucos segundos, ele se foi.

— NÃOOOO! — gritou Gameknight.

— Subam a escada! — berrou Artífice, sem parar de correr. — Tive uma ideia para atrasá-los e não deixar que saiam da fortaleza!

Caçadora virou-se e subiu as escadas correndo, enquanto Gameknight ficou ali parado, esperando por seus amigos. Escavador disparou correndo por ele, sem desacelerar sequer por um instante, deixando que Gameknight e Artífice enfrentassem aquela multidão de traças.

— O que você vai fazer? — Gameknight perguntou.

— Usar areia de almas — respondeu Artífice, recuando até os degraus. — Esses monstros não conseguem atravessá-la sem se ferirem. — Ele colocou um par de blocos no chão na frente dele. — Tive essa ideia enquanto eu estava correndo. Eu ainda tinha alguns blocos no meu inventário, da última vez em que fui para o Nether. Você se lembra?

Ele sorriu enquanto colocava mais cubos de areia marrom à sua frente. Recuou mais um pouco e continuou colocando-os, formando uma linha ininterrupta. Algumas das criaturas tentaram ultrapassar os blocos, mas emitiam um brilho vermelho tão logo os tocavam. Uma das traças foi rápida o bastante para conseguir passar pela areia de almas, mas Gameknight atacou-a assim que ela chegou mais perto. A criatura desapareceu com um *puf*, porém em seguida ele ouviu o som de blocos se quebrando: mais delas emergiram.

— Subam a escada! — disse Artífice. — Deixem isso comigo.

Virando-se, Gameknight subiu as escadas, seguido de perto pelo amigo, que ia colocando blocos de areia de almas no chão enquanto subia. O medo de Gameknight começou aos poucos a ceder quando a luz do dia irrompeu em raios pelos degraus rochosos e iluminou as paredes com um tom dourado. Porém, quando ele deixou a escada e finalmente viu o céu azul acima de sua cabeça, foi recebido com barulhos de uma grande confusão.

Havia NPCs correndo por toda parte, muitos deles gritando em pânico.

— O que foi? — perguntou Gameknight, quando Professora passou correndo por ele.

— Os monstros estão vindo para cá — respondeu ela, enquanto vestia sua armadura e desembainhava a espada. — Estão na planície, como você previu.

Sem esperar por qualquer resposta, ela virou-se e rumou para seu lugar na muralha de defesa, entre um lenhador e o ferreiro.

Gameknight olhou em torno e viu que todos os NPCs estavam pegando em armas e se posicionando atrás de muralhas ou torres, prontos para fazer frente à onda de violência que se aproximava.

Um estranho silêncio caiu por todo o acampamento. Gameknight sentiu um vento frio soprando pelo bioma. A brisa suave pressionava os altos picos glaciais, fazendo com que alguns deles vibrassem como diapasões e adicionassem um zumbido harmonioso para a cena. Por um breve momento, foi bonito... até que o vento mudou e o som de aranhas estalando e de zumbis rosnando tomou conta de tudo. Olhou para o Pai, e viu Monet e Costureira preparadas para o ataque, os rostos iluminados pela tonalidade iridescente de seus arcos mágicos. Monet acenou para ele e, em seguida, apontou em direção à horda que se aproximava. Gameknight subiu um monte de neve ali perto e olhou para a planície congelada. Avistou um grande grupo de aranhas se aproximando, seus corpos negros peludos destacando-se num forte contraste com o chão coberto de neve. Entremeados entre os monstros de oito patas havia zumbis e esqueletos, todos eles usando chapéus de couro, sendo que alguns também vestiam armadura. Ele supôs que talvez houvesse uns sessenta monstros naquela horda; não era a maior que já tinham enfrentado durante a jornada, mas mesmo assim era uma força de tamanho considerável. Olhou para os aldeões e soube que muitos não deixariam aquele lugar, e este pensamento o entristeceu. Com sorte, os planos que tinha feito ajudariam a conter a onda de destruição e a proteger o maior número possível de seus amigos. Amigos não, família.

— Artífice! — gritou ele, descendo a colina. — Podem disparar o primeiro foguete.

O jovem NPC exibiu um enorme sorriso ao colocar um pequeno objeto listrado vermelho e branco no chão. Assim que o lançou, o foguete subiu bem alto no ar e, em seguida, explodiu, formando uma gigantesca esfera de brilhantes faíscas laranjas que dançavam como vaga-lumes. Era o sinal para todos ficarem a postos... especialmente os que estavam escondidos de vista.

Gameknight desceu correndo o monte de neve, alcançou Artífice e puxou a manga de sua bata.

— Ferro... quanto ferro os mineradores conseguiram apanhar? — perguntou.

— Só o suficiente para fazer duas delas — respondeu Artífice.

— Ótimo, então prepare-as — Gameknight explicou. — Mas só as termine quando eu der o sinal.

Artífice assentiu e retirou blocos de ferro. Começou a empilhá-los na forma de um "T", em seguida colocou duas abóboras no chão.

O som dos cliques aumentou de volume, e Gameknight viu o olhar de medo em muitos dos rostos dos NPCs.

—Aguentem firme! — gritou para todos eles. — Estamos aqui para defender *Minecraft* e todos os que moram nos servidores. Nós não vamos deixar estes monstros arrancarem isso de nós!

Os NPCs aplaudiram e soltaram vivas.

Olhando para a segunda muralha de defesa, Gameknight viu Lavradora em sua armadura de ferro amassada, segurando com firmeza a espada. Ela lhe deu um caloroso sorriso maternal que o encheu de culpa.

Espero que isso funcione, pensou Gameknight. *Eu não vou suportar ser responsável nem mesmo por mais uma única morte.*

E, em seguida, as palavras místicas que ele ouviu lá embaixo na fortaleza ecoaram pela sua mente mais uma vez.

Você só pode conquistar aquilo que imagina que é capaz de conquistar.

Ele não entendia direito o que aquilo queria dizer. Gameknight999 sabia que era de alguma forma uma mensagem importante, mas não conseguia entender.

"Imagina que pode conquistar"?, pensou consigo mesmo.

Ele ainda não entendia, mas talvez os aldeões entendessem.

—Força, meus amigos! — gritou. — Nós podemos fazer isso... Eu sinto que sim, e vocês deveriam sentir também. — Então, ele caminhou até os espadachins que estavam na muralha mais à frente... Eles provavelmente seriam os primeiros a perder a vida. Era ali que Gameknight ficaria... com eles. — Vamos acabar com essa horda como se fosse um inseto irritante. Eles vão sentir nossas espadas e flechas, e voltarão para Herobrine com o rabo entre as pernas!

Os guerreiros riram e aplaudiram quando a imagem do exército derrotado recuando de volta ao seu mestre tomou conta de suas cabeças. O riso, porém, parou assim que os monstros apareceram à vista.

A horda cobria a planície diante deles, uma massa de corpos amontoados. Gameknight olhou para Monet e Costureira e torceu para que elas não errassem a mira.

Os monstros se aproximaram. Eles podiam agora ouvir os zumbis grunhindo e gemendo, seu fedor flutuando na brisa suave e agredindo seus sentidos.

Gameknight levantou a mão, fazendo sinal para que os dois arqueiros se preparassem.

Um dos esqueletos lançou uma flecha na linha de frente dos NPCs, mas a seta errou o alvo e ficou presa no chão coberto de neve.

Quase, pensou ele, *só um pouquinho mais perto*.

Os guerreiros começaram a gritar com os monstros, lançando insultos como se fossem projéteis. As criaturas rosnaram de volta. Gameknight viu um olhar de ódio absoluto em seus rostos e soube que aquela seria uma luta até a morte; nenhum desses monstros se renderia.

As criaturas atravessaram os blocos de neve que tinham sido cuidadosamente colocados no campo de batalha. Nenhuma delas parou para ver o que estava escondido por trás dos cubos congelados.

— AGORA! — gritou Gameknight.

Costureira e Monet dispararam ao mesmo tempo suas setas flamejantes nas bombas de flecha escondidas. A seta de Costureira atingiu seu alvo no primeiro disparo, mas a de Monet errou e acertou um zumbi em vez disso. O monstro verde explodiu em chamas e começou a correr em círculos, depois caiu no chão e desapareceu. Monet disparou outra flecha, e esta agora atingiu seu alvo: os cubos pretos e vermelhos instantaneamente começaram a piscar.

Então a primeira bomba de flechas explodiu, lançando uma centena de setas para o ar. Em seguida, foi a vez da segunda, que explodiu e acrescentou mais um conjunto de projéteis à chuva mortal. Sem ver o que estava prestes a acontecer, Gameknight virou-se e fez sinal para Artífice. O jovem NPC dispôs as abóboras no topo das pilhas de blocos de ferro e no mesmo instante dois golens de ferro ganharam vida. Olhando para aquele grupo de monstros, os gigantes de ferro imediatamente dirigiram-se até os inimigos.

Ele fez sinal mais uma vez para Artífice e o jovem NPC lançou outro foguete pelos ares. Este explodiu lá no alto, mostrando o rosto de um creeper verde cintilante: era o sinal para a cavalaria.

— Arqueiros... fogo! — gritou Gameknight, depois virou-se para os guerreiros que estavam na primeira muralha de defesa. — Fiquem aqui todos vocês, e não deixem os monstros avançarem. Guardem essa muralha, mas não assumam nenhum risco desnecessário... entendido?

Todos assentiram para seu líder.

Gritos de dor ecoaram da horda de monstros quando as flechas caíram sobre eles, consumindo o HP de seus corpos. Gameknight virou-se e observou aquilo, mas percebeu que algumas das aranhas tinham arremetido para a frente, escapando da chuva mortal. Elas estavam atacando os defensores da muralha.

De repente, Gameknight999 se encheu de uma raiva incontrolável.

Vocês não vão ferir a minha família!

— AH, MAS VOCÊS NÃO VÃO MESMO!

Sacando tanto a espada de ferro quanto a de diamante, o Usuário-que-não-é-um-usuário saltou a muralha e atacou as aranhas. Depois que golpeou a aranha líder com as duas lâminas, ela desapareceu rapidamente. Virando-se, ele investiu contra o próximo monstro, ao mesmo tempo em que bloqueava garras afiadas como navalhas. Pulando e saltando, era impossível atingi-lo. Ele golpeou um monstro atrás do outro. Porém, de repente, viu um guerreiro ao seu lado, e depois outro e outro, um lampejo preto e cinza que ele avistava pelo canto do olho. Sem se dar ao trabalho de conferir quem eram, Gameknight continuou o ataque, golpeando as aranhas e recusando-se a deixar que avançassem mais.

O chão tremeu como um trovão quando a cavalaria chegou, chocando-se contra a parte de trás da formação de monstros. Cinquenta NPCs atacaram a cavalo, alguns com espadas, outros com arcos. Os grandes cavalos, com a sua pesada armadura, abriam caminho através da horda como se vadeassem um rio violento. Seus cascos tornaram-se armas quando eles também entraram na briga.

Em seguida, os golens de ferro alcançaram a frente de batalha. Os gigantes poderosos balançavam os braços no meio da massa de monstros, atirando aranhas e zumbis para o alto, cujos corpos emitiam clarões piscantes vermelhos. Gameknight recuou e fez sinal para Artífice uma última vez. Outro foguete disparou para o alto e explodiu, formando uma estrela cintilante laranja e azul.

Uivos preencheram o ar quando Pastor e seus lobos arremeteram velozmente para a frente. Os monstros ouviram aquele barulho e um olhar de medo tomou seus rostos hediondos, mas eles não tinham para onde fugir. Estavam cercados — guerreiros na frente, cavalaria atrás, e golens de ferro no meio. Gameknight ouvia as flechas assobiando por sobre sua cabeça, disparadas pelos arqueiros colocados no alto das torres, mas eles pararam os disparos quando os lobos chegaram. Os animais brancos peludos investiram contra os monstros com eficiência letal.

Em questão de minutos, tudo estava acabado. Nem um único monstro sobreviveu. Olhando para os itens dispersos pelo chão, Gameknight notou a ausência de armaduras, espadas e arcos.

Será possível?, pensou.

E então ele ouviu a voz de Artífice gritando:

— Nós derrotamos a horda de monstros sem perder uma única pessoa do nosso exército!

Os NPCs soltaram gritos e vivas, com as armas erguidas no ar.

— Viva o Usuário-que-não-é-um-usuário, portador de duas espadas! — gritou Escavador com sua voz profunda.

Os NPCs soltaram mais vivas, mas Gameknight levantou as mãos para silenciar seus amigos.

De repente, um grito cortou a multidão que comemorava.

Era Monet113.

Virando-se para olhar para a irmã, Gameknight a viu descer os últimos degraus que circundavam o Pai e depois sair correndo pelo campo de batalha, na direção de alguém com uma armadura de ferro amassada que estava caído no chão.

Ah, não...

Ele correu até a NPC caída e a alcançou ao mesmo tempo que sua irmã.

Caindo de joelhos, Monet cuidadosamente retirou o capacete de ferro e expôs o cabelo grisalho e um par de olhos castanhos a encaravam em agonia. Gameknight ajoelhou-se a seu lado e viu que a armadura dela tinha sido danificada pela batalha, com rasgos profundos causados por garras de aranha. Havia enormes pedaços de metal faltando nos locais onde os monstros a tinham atacado. Gameknight percebeu que o HP dela estava quase esgotado... ela não sobreviveria.

Lavradora olhou para Gameknight999.

— Você devia... tomar mais cuidado... no campo de batalha, meu bem — ela esforçou-se para dizer a ele. — Havia um... monte de monstros ao seu redor. Eu não podia... não podia deixá-lo... ali sozinho.

Era você que estava ao meu lado, pensou ele.

Quando sua memória rebobinou os acontecimentos, ele se deu conta de que Lavradora havia corrido até o lado dele, fazendo com que todos os outros guerreiros avançassem para a frente. Ela era uma heroína.

— Lavradora, você devia ter ficado onde era seguro — disse Monet. — Você está ferida, mas eu tenho certeza de que vai ficar bem.... não é? — Ela olhou para Artífice.

O jovem NPC apenas balançou a cabeça.

— Eu não podia ficar lá... só assistindo seu... irmão lutando contra todos eles... sozinho — disse Lavradora, entre uma tosse e outra. — Foi o que eu fiz quando... Amazona saiu para... combater naquele dia terrível. Eu não podia fazer isso novamente.

A mulher foi acometida por uma série de tosses violentas. Quando o ataque parou, ela olhou para Gameknight, e depois para Monet. Estendeu o braço, segurou a mão de Gameknight e em seguida a de Monet.

— Vocês dois são... irmãos. Confiem um no outro, pois não há... nenhum laço igual ao que existe entre irmãos. Vocês precisam... apoiar-se mutuamente, não importa o que aconteça. Gameknight, confie na sua... irmã. Monet, ouça o seu irmão. Vocês dois estão nessa juntos, e quando chegar a hora de enfrentar o impossível... vocês só terão um ao outro. Não se esqueçam...

E então Lavradora desapareceu quando o que restava de seu HP chegou a zero, fazendo com que sua armadura caísse no chão e flutuasse, como se transportada por ondas invisíveis.

Monet113 soltou um grito angustiado e começou a gritar e chorar sem parar, tomada pela dor. Gameknight se levantou e ergueu a irmã, em seguida a abraçou bem forte. Os dois ficaram ali, abraçados, apoiando um ao outro, enquanto choravam. Então um par de braços enlaçou os dois. Costureira os envolveu com seus bracinhos curtos e os abraçou com toda a força. Outro par de braços enlaçou os irmãos: era Artífice oferecendo apoio. Os braços de toda a aldeia de NPCs adiantaram-se para envolver a dupla e amenizar-lhes um pouco da dor; era a família cuidando dos seus.

Finalmente, Gameknight soltou sua irmã. Devagar, ele levantou a mão acima da cabeça, com os dedos bem abertos, e falou a todos.

— Não nos esqueçamos de Lavradora, a única vítima desta batalha, nem daqueles que perdemos na fortaleza — disse ele, solenemente. — Os bons amigos e a família serão lembrados por seu sacrifício neste dia.

Apertou a mão com ainda mais força e pôde ouvir os nós dos dedos estalarem, até começar a perder a sensibilidade no seu dedo. Cada grama de raiva e fúria estava contido naquele punho fechado, e ele o apertou com todas as suas forças. Gameknight então lentamente baixou a mão, deixou a cabeça pender por um momento, e depois levantou-a e olhou em torno do acampamento.

De repente, o chão tremeu: eram os dois golens de ferro se aproximando. Os gigantes de metal pararam na frente de Gameknight999 e o olharam, seus olhos escuros fitando-o com solidariedade e respeito.

— Obrigado por sua ajuda — disse Gameknight à dupla. — Vocês fizeram um bom trabalho em proteger estes aldeões dos monstros de *Minecraft*... devem sentir orgulho disso.

Os gigantes de metal sorriram.

— Mas há mais uma coisa que vocês poderiam fazer para proteger os NPCs — explicou Gameknight. — Procurar o rei dos golens e contar-lhe o que está acontecendo. Ele me conhece e sabe que eu não pediria sua ajuda se não fosse necessário, mas sinto que vamos precisar do auxílio dos golens antes do fim desta guerra. Digam-lhe que enviarei um sinal, de alguma forma, e quando isso acontecer ele deverá enviar todo o seu exército. A própria sobrevivência de *Minecraft* poderá depender da agilidade com que ele fizer isso. Entenderam?

Os golens assentiram, em seguida viraram as costas e saíram arrastando os pés pela paisagem gelada, a caminho de sua casa e de seu rei.

Gamekight999 então virou-se para os outros NPCs.

— Levantem acampamento — ordenou o Usuário-que-não-é-um-usuário, enquanto enxugava as lágrimas de seus olhos. — Herobrine mandará mais monstros em nosso encalço, pois este foi apenas um gostinho da sua ira. Nós ainda estamos correndo contra o tempo para salvar nossas vidas e todas as vidas de *Minecraft*. Hoje vencemos uma batalha, mas a guerra ainda continua. — Ele fez uma pausa para virar-se e olhar para todos os NPCs espalhados pelo campo de batalha. — Preparem-se, todos vocês... estamos a caminho do Oráculo no Templo da Selva.

CAPÍTULO 14
FILHOTES

Shaikulud caminhava pela câmara, verificando seus preciosos ovos. Alguns estavam começando a nascer, mas muito poucos. Ela via as aranhas-bebê esbaldarem-se com o musgo verde que os Irmãos tinham trazido das masmorras e quase podia vê-las crescendo cada vez mais enquanto as observava. O musgo verde fazia os filhotes crescerem mais rápido do que qualquer outro espécime vegetal... era o prato favorito deles.

A aranha rainha foi até a entrada, desejando aquecer-se ao sol. Queria simplesmente subir no topo da alta árvore e banhar-se nos raios quentes do sol, mas não podia deixar o ninho... não agora.

Suspirando, foi até a lateral da caverna e começou a subir a parede. Antes que ela chegasse no meio do caminho, um morcego esvoaçou para dentro da caverna e foi seguindo diretamente na direção dela. Vendo isso, Shaikulud deixou-se cair no chão e esperou pelo pequeno mensageiro. O morcego negro movia-se erraticamente pela caverna; por que os morcegos não conseguiam voar em linha reta era um mistério.

Voando em ziguezague, a criatura sombria finalmente aterrissou na pata da frente de Shaikulud. Aproximou-se da cabeça da rainha das aranhas e sussurrou sua mensagem. Shaikulud soltou um murmúrio de surpresa.

De repente, ela sentiu uma presença perto de si. Era uma presença maligna, fervilhando de ódio e despeito. Virando a cabeça, viu Herobrine de pé à sua frente, com a aparência novamente alterada para a de um novo NPC: sua última vítima.

— Que notícia temos aqui, Shaikulud? — inquiriu Herobrine.

— Esssste morcego me disse que o Usuário-que-não-é-um-usuário foi vissssto.

— Onde? — perguntou ele, irritado.

— Ele foi vissssto entrando na fortaleza.

— A fortaleza?! — retrucou Herobrine. — Eles devem estar procurando a biblioteca.

— Algumas das Irmãssss foram lutar com ele, mas eram poucas. — Ela fez uma pausa e atirou o morcego para o alto. Ele esvoaçou por ali e, em seguida, voou até a abertura da caverna. — É improvável que tenham sido capazessss de vencer os NPCssss.

— Isso não é motivo de preocupação — disse Herbrine, andando de um lado para o outro.

Ponderando esta notícia, seus olhos se iluminaram mais, a ponto de o brilho quase iluminar toda a câmara. Shaikulud precisou olhar para o outro lado para não ser cegada.

— Muito bem — disse ele, enquanto o brilho de seus olhos começava lentamente a diminuir para seu nível maligno normal. — Tudo está acontecendo como eu havia previsto. — Ele, então, soltou uma gargalhada malvada que ecoou pela câmara.

— Quais são suasssss instruçõessss, Criador? — perguntou Shaikulud, enquanto lhe fazia uma reverência, abaixando a cabeça.

Herobrine olhou em volta da câmara para todos os ovos que ainda estavam por eclodir e um grunhido gutural saiu de sua garganta. Ele então aproximou-se do que estava mais perto.

— Pensei que os filhotes já teriam nascido a essa altura!

— Ainda não — respondeu Shaikulud, enquanto seguia seu mestre.

— Eles precisam estar prontos agora! — vociferou ele. — Abra os ovos e tire os filhotes. Precisarei deles muito em breve. — Ele então virou-se e olhou diretamente para os diversos olhos roxos de Shaikulud. — É uma ordem!

— Massss abrir os ovos cedo demaissss pode danificar os filhotessss — retrucou Shaikulud, com sua voz mais cordata. — Não seria melhor esperar até elessss esssstarem prontos?

— O Usuário-que-não-é-um-usuário marcha em sua direção neste exato momento. A única intenção dele é destruir todos os seus filhos. Você vai deixar isso acontecer?

Herobrine olhou carrancudo para Shaikulud, os olhos emitindo um brilho ainda mais intenso.

— É por culpa desse Gameknight999 que eles precisam nascer AGORA!

O grito de Herobrine ecoou pelas paredes da caverna e fez os vários morcegos que estavam pendurados no teto voarem para todos os lados, em busca de proteção.

— Vou perguntar mais uma vez — continuou ele, aproximando-se da rainha das aranhas. Desta vez, o volume de sua voz era perigosamente baixo, um volume que somente Shaikulud podia ouvir. — Você entendeu o que eu disse?

— Eu entendi o que o Criador disssse... e obedecerei asssss suassss ordenssss — respondeu ela.

— Excelente — retrucou ele, enquanto o brilho de seus olhos esmaecia. —Você permitirá que o Usuário-que-não-é-um-usuário e seus amigos cheguem até o templo da velha bruxa. Não os impeça... deixe que cheguem, mas aproveite a oportunidade para fazê-los sofrer um pouco, de modo que não pareça assim tão fácil. Use os creepers... será difícil vê-los na selva. Quando eles chegarem ao templo, e estiverem de costas para o mar, vamos fechar a armadilha e cercá-los. Então você vai sinalizar o ataque e não deixará ninguém vivo, exceto Gameknight999. Se a bruxa for corajosa o suficiente para se aventurar para fora de seu templo, então destrua-a também. Vamos dizimá-los todos com o mesmo golpe. E quando o patético do Usuário-que-não-é-um-usuário estiver enlouquecido de pesar, eu o enfrentarei e vou lhe ensinar o que é sofrimento de verdade. Entendeu suas instruções... todas elas?

Shaikulud abaixou a cabeça novamente.

— Que asssssim seja — disse ela, olhando para os pés dele.

— Muito bem — disse Herobrine em um tom ameaçador. — Eu sempre soube que você era boa e obediente.

Enquanto ela levantava a cabeça para olhar para Herobrine, ele teleportou-se para longe. Seus olhos brilhantes foram a última coisa a desaparecer. Então ela se virou e encarou as aranhas que estavam caminhando em sua direção.

— Vocêssss ouviram o Criador — disse Shaikulud, clicando as mandíbulas furiosamente. — Abram ossss ovosssss e libertem osssss filhotessss.

As aranhas azuis das cavernas a fitaram, sem acreditar no que ouviam, e em seguida entreolharam-se. Shaikulud então moveu-se com uma velocidade que ninguém pensaria possível para uma criatura tão grande quanto ela. Atacou a aranha das cavernas mais próxima com suas garras afiadas como navalhas, diminuindo o HP do Irmão até que quase se esgotasse. Tudo aconteceu tão rápido que a aranha das cavernas não teve sequer a chance de fugir.

Tombando, o Irmão olhou para a sua rainha com os múltiplos olhos vermelhos, pedindo misericórdia.

Shaikulud recuou, virou-se e olhou ameaçadoramente para as outras aranhas que estavam na câmara.

— Vocêssss vão obedecer as ordenssss do Criador... abram ossss ovossss.

A aranha das cavernas ferida lentamente levantou-se e rumou até o ovo mais próximo. Com a garra da pata dianteira, cuidadosamente esculpiu um arranhão estreito na superfície exterior dele. Depois de circundá-lo completamente, bateu ao longo do arranhão, provocando uma rachadura. Em segundos, a metade superior do ovo já tinha sido removida, revelando uma aranhinha minúscula ali dentro. Era outra aranha das cavernas, com uma pele azul quase fluorescente por ainda não ter os minúsculos pelos negros que nasceriam mais tarde... se ela sobrevivesse.

— Dê-lhe musgo... depressa — ordenou Shaikulud.

Outro Irmão adiantou-se com um pouco de musgo, mas a aranhinha morreu antes que pudesse se alimentar.

Meu filhote... meu filhote...

Shaikulud lamentou a perda da pequena criatura, mas continuou a supervisionar a abertura dos ovos.

— É a vontade do Criador — repetia ela, sem parar.

Muitos dos filhotes sobreviveram àquele nascer prematuro em *Minecraft*, mas ainda assim, diversos morreram. E, à medida que suas crias desapareciam com um estalo, a raiva de Shaikulud aumentava... raiva não de Herobrine, pois sabia que ele estava fazendo o necessário para proteger *Minecraft*. Não, a raiva que sentia era dirigida ao responsável pela sua perda: o Usuário-que-não-é-um-usuário.

Apanhou um filhote que estava lutando para sobreviver e pensou em todas as formas como gostaria de fazer este tal de Gameknight999 sofrer. De repente, o filhote desapareceu quando seu HP chegou ao fim, e a raiva dela transbordou.

— O Usuário-que-não-é-um-usuário é MEU! — gritou para todas as aranhas na caverna, seus olhos emitindo um brilho intenso arroxeado. — Ninguém além de mim irá machucá-lo! Só eu poderei fazê-lo sofrer.

Enquanto os ecos de sua voz reverberavam pela caverna, Shaikulud foi até a parede e subiu a sua superfície vertical. Caminhando pelo teto arqueando, ela era capaz de sentir todas as novas vidas que iam emergindo dos ovos abaixo, algumas delas durando apenas um instante fugaz. Quando ela chegou ao topo do teto da caverna, suas garras afiadas como navalhas cravaram-se na pedra e seguraram-na, enquanto ela assistia às cenas de vida e morte que se desenrolavam lá embaixo. A cada nova vida, ela sentia sua mente drenar-se, pois uma nova fatia de sua consciência era utilizada para manter viva aquela aranha recém-nascida. E, à medida que as novas vidas *e* as novas mortes aumentavam em número, Shaikulud ia ficando cada vez mais furiosa. Sua mente se agitava com pensamentos sobre o que ela iria fazer com o Usuário-que-não-é-um-usuário, pensamentos sinistros e mal-intencionados. E a cada novo pensamento seus olhos brilhavam em ódio crescente.

— Em breve você será meu, Gameknight999! — gritou ela, para ninguém... e para todos.

CAPÍTULO 15
BEM-VINDOS À SELVA

s NPCs atravessaram rapidamente o resto do bioma de picos de gelo e viram-se então em um bioma de planícies verdejantes. Gameknight gostaria que a paisagem fosse mais acidentada, para que lhes desse alguma proteção dos olhos à espreita, mas, como seu amigo Shawny gostava de dizer: "É o que temos."

O grupo corria a maior parte do tempo e atravessou as planícies cheio de pressa. Parando apenas de vez em quando para descansar, eles correram a maior parte do dia. À noite, a cavalaria criou dois círculos em torno de quem estava a pé; os lobos ficaram circundando ambos. De vez em quando, ouviam os gemidos de zumbis, mas geralmente a uma grande distância. Qualquer ruído provocado por monstros, no entanto, rapidamente provocava uma resposta violenta da parte dos lobos, o que mantinha as criaturas da noite bem afastadas do grupo.

Quando o sol se levantou no segundo dia, Gameknight avistou algo verde brilhante no horizonte à frente. À esquerda e à direita, ele viu montanhas escarpadas... provavelmente aquele era um bioma de colinas extremas.

— Parece que isso aí na frente é uma selva — disse Costureira.

Ela estava caminhando ao lado dele, e Monet seguia perto da jovem NPC. Elas haviam feito amizade rapidamente durante esta aventura.

— Eu acho que você tem razão — acrescentou Monet113.

— Sentinela! — gritou Gameknight por cima do ombro. — O que você está vendo?

Um NPC com enormes olhos verdes correu até Gameknight. Ele parou por um momento e olhou para a faixa verdejante que estava diante deles, em seguida voltou a correr para alcançá-lo.

— Com certeza... é selva — disse Sentinela.

Costureira e Monet sorriram.

— Estou vendo as videiras penduradas nos galhos das árvores e os arbustos espessos em torno das suas bases — continuou Sentinela. — Elas estão cheias de cacaus... vamos colhê-los quando chegarmos lá.

— Desde que a gente não precise desacelerar para isso, tudo bem — disse Gameknight. — Sinto que as coisas vão ficar meio enlouquecidas quando chegarmos lá.

Olhando para a parte de trás do exército, Sentinela repentinamente parou e olhou para o horizonte a leste. Em seguida, sufocou um grito, o que fez Gameknight parar e aproximar-se do NPC.

— O que foi? — perguntou o Usuário-que-não-é-um-usuário.

— Alguma coisa está vindo em nossa direção por essas planícies — respondeu Sentinela, estreitando os olhos verdes para observar melhor. — Não consigo distinguir o que são, mas tenho certeza de que há um monte deles, e estão vindo depressa. Vejo uma enorme nuvem de poeira subindo em torno deles. — Ele se virou e olhou para Gameknight999.

— Devemos parar e combatê-los? — perguntou Artífice, que subitamente apareceu ao lado dele e ouvia tudo com atenção.

— Não, vamos continuar seguindo em frente — disse Gameknight. — Nós aprendemos uma lição quando estávamos lutando no Nether, uma lição que não devemos esquecer. "A velocidade é a essência da guerra". É importante que não tenhamos de aprender de novo essa lição dolorosa.

Artífice concordou e, em seguida, virou-se e continuou a correr em direção ao horizonte verde brilhante, seguido de perto por Gameknight999.

Eles cruzaram o resto das colinas sem incidentes e finalmente chegaram à orla da selva quando o sol estava em seu apogeu. Havia montanhas escarpadas em ambos os lados da mata; a linha de íngremes colinas estendia-se para o norte e para o sul. Qualquer um que estivesse vindo naquela direção não tinha escolha a não ser passar pela selva, se quisesse prosseguir viagem.

— Bem-vindos à selva — disse Caçadora. — Tenho certeza de que não vai ser divertido aí dentro, então é melhor todo mundo ficar esperto.

— Caçadora está certa — acrescentou Gameknight. — Nós não teremos tempo para descansar, portanto fiquem perto uns dos outros.

Segurando sua espada encantada com força, Gameknight mergulhou na vegetação rasteira. No mesmo instante, uma parede de folhas e videiras bloqueou seu caminho. Sacou o seu machado de ferro e começou a cortar caminho através do terreno arborizado. Por cima do ombro, viu que os demais aldeões tinham feito o mesmo; agora, uma centena de machados estavam rasgando a selva onde necessário.

Mas, mesmo com todas essas lâminas cortando as árvores e arbustos, o progresso foi lento. Alguns dos NPCs tentaram rodear os obstáculos e rapidamente se separaram do resto do grupo.

— Onde estão vocês... estou perdido — gritou um aldeão.

— Aqui! — gritou outro.

Rapidamente, os NPCs se dispersaram, separados pelos troncos grossos das árvores tropicais e pela falta de visibilidade.

— Artífice, temos que mantê-los todos juntos, de alguma forma — disse Gameknight. — Você tem alguma ideia?

— Eu tenho algumas — falou o amigo, sorrindo.

Artífice caminhou até uma área aberta e colocou um pequeno foguete listrado vermelho e branco no chão. Em seguida, recuou. O foguete disparou para o alto, deixando para trás um rastro de faíscas; em seguida explodiu por cima da copa das árvores, provocando uma chuva de cores cintilantes.

— Excelente — disse Gameknight.

Artífice deu um sorriso enorme.

— Todo mundo, continuem em frente! — gritou Gameknight. — Fiquem perto dos fogos de artifício do Artífice.

— Você não acha que os fogos de artifício vão revelar aos monstros onde estamos? — perguntou Caçadora.

— Eles já sabem que estamos por perto, tenho certeza. Provavelmente estão nos observando neste exato momento.

Caçadora deu meia-volta e sacou sua espada.

— Relaxe — disse Gameknight. — Se eles quisessem atacar, já teriam atacado. Por alguma razão, eles estão esperando.

— Bem, eu vou estar pronta para eles, seja como for — respondeu ela, enquanto se virava e continuava a atravessar a selva.

De repente, ouviu-se uma explosão, pontuada por um grito e pelo cheiro de enxofre.

— Creepers! — gritou alguém.

Justamente naquele instante, outro explodiu um pouco mais perto.

— Não podemos nem mesmo vê-los! — gritou Cervejeira, correndo na direção de Gameknight. — Eu só vi o creeper no último instante e ele conseguiu se esconder, pois a sua cor verde e preta se camuflava perfeitamente com todas as videiras e folhas.

— Temos um problema — disse Escavador, baixinho, de modo que apenas Gameknight999 pudesse ouvir.

— Eu sei o que fazer — disse Pastor, correndo para a frente do grupo. — Nós precisamos de mais... de muitos mais amigos.

— O que você está falando, Pastor? — indagou Gameknight.

Mas o jovem só respondeu depois que saiu correndo selva adentro.

— Nós não podemos simplesmente ficar aqui parados — disse Caçadora. — Seremos alvos fáceis!

— Tem razão — respondeu Gameknight e, em seguida, gritou ordens para o grupo. — Todo mundo deve correr para o leste. Fiquem juntos e não se afastem dos fogos de artifício de Artífice!

Virando-se, Gameknight começou a correr, rodeando obstáculos quando podia e usando o seu machado quando não tinha outra escolha. Aos poucos, o grupo de NPCs ganhou velocidade, mas sua jornada ainda se via interrompida de vez em quando pelas explosões de creepers.

— Precisamos ver de onde estão vindo esses creepers! — exclamou Gameknight. — Caçadora, acha que consegue colocar alguns dos seus arqueiros lá em cima daquelas árvores?

— Moleza.

Ela reuniu dois NPCs e em seguida foi até a árvore mais próxima e começou a colocar blocos de terra em torno do tronco escuro. Gameknight só observava enquanto ela construía uma escada em espiral ao redor da árvore, esculpindo ao redor dos galhos e folhas com seu machado até desaparecer na copa frondosa.

— Está vendo alguma coisa? — gritou Gameknight.

— Ah, sim... e como! — respondeu ela.

— Você vai me dizer o que é, ou ficar aí guardando segredo?

— Eu não tenho certeza se você quer mesmo saber o que eu estou vendo — gritou ela, do topo das árvores. — Você quer ouvir a boa notícia ou a má notícia primeiro?

— CAÇADORA!

— Certo, então aqui vai a má notícia. — Ela desceu um ou dois degraus, para que Gameknight a pudesse ver. — Há uns cinquenta ou sessenta creepers vindo bem na nossa direção. Devem ter sido eles que estavam nos seguindo lá no bioma de planícies verdejantes.

— E qual é a boa notícia?

— É que eles não são cem creepers — disse ela, dando risada.

Gameknight grunhiu de frustração.

— Caçadora, traga todos os NPCs para cá — disse Gameknight e, em seguida, voltou-se para Artífice. — Solte um monte de fogos de artifício, precisamos fazer com que todos fiquem juntos.

Artífice assentiu e, em seguida, colocou um foguete atrás do outro no chão. Suas imagens cintilantes começaram a estourar no alto.

— TODOS SIGAM A MINHA VOZ! — berrou Gameknight.

Em seguida, ele ouviu a voz de sua irmã gritando, junto com a de Costureira.

— TODO MUNDO ESTÁ AQUI! — berraram, levando todos os NPCs até Gameknight.

Com a ajuda delas, todos os aldeões se reuniram em uma pequena clareira.

— A situação é a seguinte — explicou Gameknight. — Um enorme grupo de creepers vem vindo em nossa direção. Não podemos combatê-los nesta selva... nossa cavalaria não tem a menor mobilidade com todas essas árvores e arbustos. Nossa única chance é limpar um terreno e lutar.

— Contra sessenta creepers... é impossível — falou alguém.

— Não importa. Nós não vamos desistir. Você só pode conquistar o que imagina ser capaz de conquistar, e eu imagino que podemos passar por isso... de algum modo. Agora, ao trabalho.

Todos sacaram os machados e começaram a cortar os arbustos baixos e as árvores frondosas. Logo, tinham diante de si uma grande clareira. Usando algumas das árvores e arbustos como estruturas defensivas, e em seguida escavando espaços atrás deles para os defensores ficarem, eles torceram para que os obstáculos lhes dessem alguma proteção contra o toque explosivo dos creepers. Os arqueiros estavam no alto da árvores, esperando para atirar nesses monstros antes que chegassem perto, mas era difícil obter uma visão clara.

Estavam desesperados e Gameknight sabia disso.

Olha o que eu fiz, pensou Gameknight. *Eu trouxe meus amigos... Não, a minha família, a esta situação perigosa, e agora muitos deles vão morrer. Eu odeio essa responsabilidade, é muito grande...*

Neste momento, outro pensamento ecoou em sua mente... porém o mais estranho é que não era a própria voz. Era aquela estranha voz mística que ele tinha escutado na fortaleza.

Força, Usuário-que-não-é-um-usuário, e tenha fé em seus amigos. Ser responsável não significa fazer tudo sozinho, significa pedir ajuda quando precisar de ajuda. Tenha fé e seja paciente.

A voz, em seguida, desapareceu, deixando-o sozinho com os seus próprios pensamentos.

O que foi isso? O que isso significa...? Tenha fé e seja paciente? Eu não posso simplesmente...

De repente, o ruído de pés atarracados e pequenos correndo arrancou-o de seus devaneios e o trouxe de volta ao *aqui e agora*. Ele viu um enorme grupo de creepers entrando na clareira. Caçadora talvez tivesse errado... ali bem poderia haver uma centena deles. Seja lá quantos fossem, eram numerosos demais para contar, e com certeza poderiam destruir todos eles.

— CORRAM! — berrou alguém.

— NÃO! — Gameknight gritou, ainda mais alto.

Ele não sabia o que dizer, mas então algo inesperado saiu de sua boca:

— TENHAM FÉ... E sejam pacientes!

Mas os creepers não eram pacientes. Eles foram até a clareira, seus pequeninos pés erguendo uma fina camada de pó do solo. Os arqueiros começaram a disparar suas flechas, mas pouco conseguiram fazer contra tantos creepers. Quando eles fecharam o cerco, o líder daqueles monstros olhou diretamente para Gameknight999 com olhos negros gelados que transbordavam de ódio, e, em seguida, a criatura começou a brilhar, enquanto um chiado tomava conta do ar. Então, todos os demais creepers começaram a fazer o mesmo.

A única coisa que Gameknght999 conseguiu pensar foi: *Será o fim da linha?*

CAPÍTULO 16
MENINO-LOBO

De repente, da selva densa saiu Pastor, correndo com um enorme grupo de felinos logo atrás. Devia haver, pelo menos, cinquenta felinos malhados; alguns deles eram gatos domesticados enquanto outros eram jaguatiricas ainda selvagens. O grupo de felinos disparou pela clareira e avançou diretamente para os creepers: seu miado e uivo abafavam o chiado emitido pelos monstros.

Assim que os creepers os viram, eles interromperam seu processo de ignição e correram de volta para a densa selva, mas os gatos foram logo atrás sem trégua.

— MENINO-LOBO! — comemoraram os NPCs.

Pastor sorriu e acenou para os aldeões, em seguida virou-se para seguir os animais.

— PASTOR, VOLTE! — gritou Gameknight999.

O jovem franzino parou de correr e se virou, olhando para o Usuário-que-não-é-um-usuário com uma expressão confusa no rosto. Ele então correu em direção ao amigo e parou ao seu lado.

— Para onde você está indo? — perguntou Gameknight.

— Eu ia ver como estão os meus amigos.

— Há um enorme exército de creepers aí fora — disse Caçadora, parando ao lado dele. — Você acha que ir sozinho é uma boa ideia?

Pastor olhou para Caçadora, confuso.

— Mas eu não estaria sozinho — retrucou ele. — Eu tenho meus gatos.

Caçadora balançou a cabeça e riu, então deu-lhe um tapinha nas costas. Virando-se, ela olhou para os outros NPCs e ergueu a mão bem alto.

— MENINO-LOBO! — gritou ela.

— MENINO-LOBO! — gritaram os aldeões em resposta, com alegria.

— Nós temos que dar o fora daqui — disse Gameknight. Em seguida, gritou para os outros aldeões: — Todos vocês, continuem seguindo em direção ao oeste!

— E fiquem juntos! — berrou Artífice.

— Vamos! — berrou Gameknight, e depois continuou sua jornada.

Correu os olhos pela selva e não teve dificuldade para avistar Monet, graças à sua armadura multicolorida e seu brilhante cabelo azul fluorescente, que se derramava pelas costas. Ao lado dela, avistou Costureira, o cabelo vermelho em contraste com o azul elétrico de Monet.

Tendo ao seu redor um círculo de lobos, que por sua vez era circundado por outro, formado por felinos, o grupo foi capaz de caminhar pela selva sem sofrer mais ataques dos creepers. Eles toparam com um grupo de aranhas aqui e ali, mas graças aos arqueiros, que atiravam da copa das árvores, e aos guerreiros, que atacavam no chão, elas não foram grande problema. Alguns dos aldeões sofreram ferimentos, mas todos sobreviveram aos encontros.

Quando o sol começou lentamente a se pôr no horizonte, Gameknight pensou ter visto algo azul por entre os espaços formados pelas árvores. Por sobre os sons da selva, dava para ouvir o barulho de água corrente, e o ruído de ondas quebrando numa praia aumentava aquela sinfonia.

Então, de repente, eles se viram fora da densa selva, num campo aberto. Diante do grupo, estava um rio que serpenteava pela paisagem e desembocava em um enorme oceano. Na outra margem do rio havia uma construção com aparência de antiga, feita de rocha e de pedra coberta de musgo, com videiras pendendo dos lados, como se estivesse abandonada há séculos.

— Conseguimos — disse Artífice, com alívio.

Ele pousou uma das mãos no ombro de Gameknight e depois lhe deu um tapinha nas costas.

— Você conseguiu... você nos trouxe até aqui.

— Eu não fiz nada — respondeu Gameknight. — Só continuei seguindo em frente. Apenas isso.

— Às vezes, entregar-se é mais fácil do que persistir — disse Artífice. — Mas a sua relutância em desistir fez com que todos prosseguissem.

— Eu não sei... só sei que estou feliz por estarmos aqui — disse Gameknight. — Mas ainda não acabou... Veja.

Ele apontou para o sol, que estava começando a se mover por trás das árvores da selva atrás deles. Sua face amarela ainda podia ser vista por entre os ramos das árvores, mas começava a se aproximar perigosamente do horizonte.

— Logo anoitecerá — disse em voz baixa. — A verdadeira batalha vai começar esta noite. Nós devemos nos preparar.

— Todo mundo vai fazer o que precisa ser feito — tranquilizou Artífice —, não importa o cansaço.

Gameknight assentiu e, em seguida, foi procurar Escavador. Encontrou o NPC grandalhão à beira do rio, lavando as mãos. Gameknight seguiu até ele.

— Escavador, eu preciso que você prepare as defesas — disse. — Eu vou entrar no templo para ver se encontro o tal Oráculo. Eu sei que Herobrine vai cair com tudo em cima de nós... Devemos estar preparados, com algumas surpresinhas para ele também.

Dispondo de seu inventário, Escavador retirou um saco de pó de redstone com a mão direita e, em seguida, sacou uma pilha de pistões com a esquerda. Olhando para Gameknight999, o NPC grandalhão sorriu.

— Onde você conseguiu isso? — perguntou Gameknight.

Escavador apontou para uma caixa que estava aninhada sob um arbusto com uma tocha de redstone ao seu lado, o que a fazia se destacar contra a folhagem verde.

— Acabei de encontrar isso aí — explicou Escavador. — É como se estivesse esperando por nós.

Gameknight sorriu, depois olhou para cima e murmurou: *OBRIGADO, SHAWNY.*

— Certo, temos muito a fazer — disse, entrando no rio. Virou-se e encarou os NPCs. — Temos defesas para montar, armadilhas para construir e uma guerra à qual devemos nos preparar... e tudo isso antes de o sol se pôr, portanto mãos à obra!

— É isso aí! — comemoraram os NPCs, enquanto avançavam pelo rio e caminhavam até a margem em frente, tendo diante de si o antigo templo da selva... à sua espera.

CAPÍTULO 17
O ORÁCULO

Eles entraram com cautela no templo com cheiro de mofo, olhos atentos e sentidos aguçados. Gameknight sabia que os templos nas selvas estavam sempre repletos de armadilhas; haveria arames no chão para eles tropeçarem e acionarem mecanismos, placas de pressão que serviriam de gatilho para pistões, e muito mais... Não havia como saber quantas armadilhas haveria naquela construção antiga: eles precisavam tomar cuidado.

Artífice entrou primeiro e foi colocando tochas no chão à medida que avançava. Seus olhos atentos inspecionavam todas as partes do corredor de pedra, procurando por qualquer coisa fora do normal. Logo atrás dele, vinham Gameknight, Costureira, Monet, Caçadora e Pastor, cada qual também colocando tochas para afastar a escuridão... e o medo.

A entrada levava a um piso com duas escadas que subiam e uma ampla escadaria que descia até o piso abaixo.

— Caçadora e Costureira, verifiquem o andar de cima — ordenou Gameknight.

— Será que não tem armadilhas lá em cima? — perguntou Monet. Obviamente, estava preocupada com a amiga.

— Não, as armadilhas ficam sempre embaixo — respondeu Gameknight. — Vá com elas.

Animada, Monet correu atrás das NPCs, subindo a escada de dois em dois degraus.

— Está tudo vazio por aqui — gritou Caçadora do piso superior. — Mas seria um bom lugar para colocar alguns arqueiros.

— Faça isso — disse Gameknight. — Peça também para alguém abrir alguns buracos nas paredes, para termos um maior campo de artilharia. Costureira, chame alguém para ajudar.

A jovem desceu os degraus, seu cabelo vermelho esvoaçando atrás dela como chamas luminosas.

— Espere — disse ele, parando Costureira no meio do caminho. — Nós também precisamos colocar alguns arqueiros no telhado. Peça a um dos Pedreiros para construir uma escada que chegue até lá e também para construir fortificações... entendeu?

Ela assentiu com a cabeça e em seguida se foi.

— Caçadora, venha cá embaixo — falou Gameknight.

A irmã mais velha veio descendo as escadas, seguida de perto por Monet.

— Vamos descer — disse Artífice. — Fiquem perto uns dos outros e não toquem em nada.

O grupo foi cuidadosamente descendo os degraus até a escada terminar em um corredor estreito que virava para a direita. O grupo dobrou a esquina e seguiu em frente até o corredor terminar, em seguida virou à direita novamente. Artífice parou na esquina e olhou para o longo corredor seguinte. No outro extremo, ele avistou um baú apoiado numa parede coberta de videira.

— Um baú — exclamou Monet. — Talvez ele tenha algo mágico, quem sabe uma armadura encantada.

Ela começou a correr em sua direção, mas Gameknight segurou-a pelo braço com força, fazendo-a parar.

— Que foi? — reclamou ela.

— É uma armadilha — disse Gameknight.

— Eu não vejo nada.

— Exatamente — acrescentou Artífice.

O NPC andou cautelosamente para a frente e os conduziu pelo lado esquerdo do corredor, de modo que não ficassem diretamente na frente dos blocos cobertos de videira. Avançou muito lentamente e olhou as pequenas reentrâncias criadas pelos blocos que se alternavam e cobriam a parte inferior das paredes.

— Aqui está — disse Artífice, sacando sua picareta.

Golpeou algo que estava escondido nas sombras e retirou um mecanismo de arame. Descendo um pouco mais o corredor, eles então puderam avistar a redstone que estava conectada ao bloco coberto de videira.

— Monet, está vendo o buraco negro nesse bloco? — perguntou Artífice.

Ela assentiu.

Ele cortou fora o resto das videiras, e Monet sufocou um murmúrio de espanto. Todos viram um recipiente no final do circuito de redstone. Ali dentro, descobriram, estava cheio de flechas.

— Perfeito — disse Caçadora, enfiando a mão e apanhando todas as setas. — Os arqueiros vão fazer bom uso dessas aqui... alguns deles estão com pouca munição.

Colocou-as em seu inventário, e em seguida ajoelhou-se ao lado do baú que estava abaixo do recipiente e o abriu bem devagar. As dobradiças rangeram e gemeram graças aos anos de negligência. Caçadora fez força para abri-lo e soltou um murmúrio espantado ao ver o que estava ali dentro.

Dentro do baú havia um único diamante e três lingotes de ferro. Havia também uma picareta de ferro que brilhava com encantamentos mágicos. Gameknight apanhou a picareta. As ondas de magia iridescente fluíam para cima e para baixo pela ferramenta, lançando oscilações de luz cor de safira pelo corredor. Gameknight desejou que ali pudesse ter havido mais diamantes, para que pudesse reparar sua armadura; a dele ainda estava danificada do seu último encontro com Herobrine, mas não adiantava nada desejar o que não possuía.

Colocou a picareta em seu inventário e fechou a tampa do baú, em seguida, virou-se quando ouviu passos ecoando pelo corredor ao lado. Era a sua irmã, Monet. Ela havia percorrido a passagem adjacente que virava à direita.

— Olha, interruptores.

Gameknight viu três interruptores na parede do final do corredor de pedra. Videiras haviam crescido na parede acima dos interruptores, mas tinham sido podadas com cuidado, para permitir que os interruptores funcionassem.

— O que eles fazem? — perguntou Monet.

— Esses, em geral, não fazem nada — explicou Gameknight. — Eles apenas movem alguns pistões para transmitir a impressão de que estão abrindo portas ou preparando armadilhas, mas não fazem nada.

— Veremos — disse Monet, acionando uma das alavancas.

— Nããão! — gritou Artífice, mas era tarde demais.

Monet pousou a mão sobre a primeira alavanca e puxou-a para baixo. Ouviu-se um clique quando um pistão se moveu em algum lugar sob eles, desencadeando o funcionamento de pistões adicionais. O som estrondoso de pedra roçando contra pedra ressoou por todo o templo, enquanto a passagem se escurecia. A luz que vinha lá de cima, da escadaria principal, lentamente diminuiu de intensidade, até as escadas ficarem completamente envoltas em sombras.

Gameknight correu até a escada e encontrou a entrada descendente completamente bloqueada: uma nova parede de rocha matriz agora fechava a saída. Era impossível quebrar aquele tipo de rocha estratificada, mesmo com picaretas de diamante... isso significava que eles não tinham por onde escapar. Gameknight999 virou-se para seus amigos e repreendeu a irmã.

— Ótimo, estamos presos aqui — disse aos outros. Em seguida, virou-se para Monet. — Valeu!

Ela desviou o olhar e encarou o chão.

Por que ela tem que ser tão impulsiva?, pensou ele. *Por que ela não pode ser como eu e planejar com cuidado e imaginar o que poderia acontecer antes de agir?*

Ele balançou a cabeça, olhando para ela. Acompanhou seu olhar e viu que a cabeça de Monet pendia para baixo. Estava na cara que ela estava arrependida... mas então ele notou outra coisa. Havia um pequenino botão de pedra perto do chão sob os três interruptores. Era difícil enxergar botões de pedra quando eles estavam inseridos em pedras, e aquele, além disso, tinha sido colocado perto do chão, o que tornava ainda mais difícil ser visto. Ele se aproximou da irmã e apontou para o botão.

— Olhe para isso, Artífice — disse Gameknight.

Artífice foi para o lado de Monet e em seguida ajoelhou-se no chão. Soprou a poeira que cobria esses blocos mais baixos e revelou o interruptor.

— Você já viu um desses num templo na selva? — indagou Gameknight.

Artífice fez que não.

— Tem... hã... mais uma coisa aqui — disse Pastor, indo para o outro lado de Monet.

Pastor esticou a mão e puxou as videiras que cobriam as paredes acima dos interruptores. Quando o emaranhado de plantas caiu no chão, revelou quatro símbolos, um acima de cada interruptor, e um outro disposto mais alto na parede. Cada um deles exibia alguns escritos.

— O que diz aí? — perguntou Gameknight.

— Precisamos de mais luz — respondeu Pastor.

Artífice colocou uma tocha ao lado dos sinais.

— Um deles diz AZUL, o do lado diz VERMELHO e o último diz AMARELO — leu Pastor.

Cada sinal tinha sido colocado diretamente acima de seus respectivos interruptores.

— E o que está acima de todos eles? — indagou Artífice.

— Não faz nenhum sentido — respondeu Pastor, apertando os olhos para enxergar melhor as letras.

— Diz: QUAIS SÃO AS CORES DA CAPA DO SUPER-HOMEM? — O NPC franzino virou-se para Artífice, parecendo confuso. — O que isso significa?

— Eu não sei — respondeu Artífice.

— É um enigma que somente um usuário poderia resolver — falou Gameknight com um sorriso. — Ficaremos presos aqui até conseguirmos resolver o enigma... mas é fácil.

Indo em direção aos interruptores, ele afastou os outros de seu caminho e acionou a alavanca vermelha para cima, depois abaixou as demais alavancas. Gameknight ajoelhou-se e tocou no botão de pedra.

— A capa do Super-Homem é vermelha — disse o Usuário-que-não-é-um-usuário triunfantemente, com um sorriso satisfeito. Em seguida, apertou o botão de pedra.

— Nãããooooo! — gritou Monet, mas já era tarde demais.

O som de pedra raspando contra pedra preencheu o corredor enquanto o chão aos pés deles aos poucos começou a deslizar, revelando uma piscina de lava abaixo. O calor da rocha fundida atingiu os companheiros na cara, fazendo com que cubinhos de suor começassem a escorrer pelas suas faces planas. Afastando-se o mais depressa possível da lava, os NPCs e Monet olharam para Gameknight999.

— É fácil... né? — perguntou Caçadora.

— Resposta errada — disse Monet, exasperada.

— Do que você está falando? — perguntou Gameknight. — A capa dele é vermelha.

— Não é, não.

— Mas eu assisti a todos os filmes — insistiu Gameknight. — E li um monte de histórias em quadrinhos... A capa do Super-Homem é VERMELHA!

— Não é — repetiu Monet, desta vez com um sorriso de entendedora no rosto.

— Ah, é? — disse Gameknight, irritado. — Então, já que você é tão esperta, me diga: de que cor então é a capa dele?

Monet reposicionou as alavancas e depois ergueu o interruptor vermelho.

Gameknight sorriu.

Então, ela levantou o interruptor amarelo.

Gameknight ficou confuso e olhou para sua irmã.

— O "S" da capa dele é amarelo! — disse ela com orgulho, em seguida esticou a mão e apertou o botão.

— Antes de pressionar isso, quero que entenda que não temos mais para onde fugir — lembrou Artífice. — Se você errar, provavelmente o chão embaixo de nós vai se abrir e seremos obrigados a nadar em lava.

Monet fitou seus amigos e o olhar confiante em seu rosto começou a desaparecer, mas mesmo assim ela apertou o botão. O som de pedra chocando-se contra pedra voltou a novamente encher o corredor, porém o chão não se mexeu. Em vez disso, a parede ao lado deles deslizou para o lado, revelando uma escadaria iluminada por tochas que mergulhava até as profundezas do templo.

— U-hu! — exclamou Monet.

— Bom, pelo jeito você estava certa — disse Gameknight, com relutância.

— Como é? — perguntou Monet, querendo que ele repetisse aquilo.

— Você ouviu o que eu disse! — exclamou ele, irritado, e, em seguida, desceu a escada iluminada, seguido de perto por Artífice.

Monet ficou parada e sorriu para Caçadora e Pastor por um instante, depois seguiu o jovem NPC. Pastor foi logo atrás, com Caçadora na retaguarda do grupo.

Eles desceram os degraus e provavelmente mergulharam uns cinquenta blocos para baixo antes de chegar a algum tipo de cômodo bem iluminado.

Movendo-se cautelosamente para a entrada, ele olhou para a câmara subterrânea. Encontrou algo elaboradamente projetado, como a sala do trono de um rei. Altos pilares de pedra cobertos de musgo estendiam-se a partir do piso para cumprimentar o teto de pedra que provavelmente ficava a uns 15 blocos de altura. Nas laterais do salão havia tochas dispostas a intervalos de três blocos, e cubos de pedra luminosa dispostos por toda a câmara aumentavam a iluminação. Do lado esquerdo, Gameknight viu outra passagem, que levava para algum outro salão. Sons vinham desta passagem... sons que ele não conseguia reconhecer, e que lhe deram um pouco de medo.

No centro do salão enorme havia estruturas complexas feitas de todas as cores imagináveis. Blocos de esmeralda ladeavam o que parecia ser uma passarela, que se estendia da escada para a alta plataforma situada na outra extremidade do salão. Blocos de lápis-lazúli preenchiam essa passagem, e cubos de ouro e ferro se misturavam a eles, acrescentando contraste ao complexo padrão de cores.

Gameknight ouviu Monet soltar um suspiro quando ela finalmente chegou à entrada. Virou-se para a irmã e viu um olhar de admiração em seu rosto quadrado: estava maravilhada diante de todas aquelas cores. Para Monet, este era o mais fino dos banquetes.

Em seguida, porém, uma batida ecoou pelo salão. Gameknight percebeu que vinha de uma plataforma elevada no outro extremo, atrás da estrutura sobre a plataforma que só poderia ser descrita como um trono. A batida aumentou de volume quando uma velha, mais idosa do que qualquer NPC que ele já tivesse visto, saiu de trás do trono.

— Eu estava mesmo esperando por você, Gameknight999 — disse ela, com uma voz rouca. — Você trouxe seus amigos, estou vendo... Eu devia ter imaginado.

Ela atravessou a plataforma elevada e, devagar, com cuidado, desceu os degraus de pedra que levavam até o térreo. A bengala que usava parecia ter sido esculpida com algum tipo de madeira antiga, a ponta coberta com uma tampa de ferro. A bengala a ajudava a andar, e a ponta de metal batia no chão a cada passo. Seu cabelo grisalho comprido balançava para frente e para trás enquanto ela se esforçava para descer os degraus. Caminhando pela trilha ladeada de esmeraldas, ela lentamente percorreu metade do comprimento da sala e ficou parada... esperando.

— E então? — perguntou ela. — Você vai apenas ficar parado aí ou vai entrar?

Gameknight olhou para Artífice, e depois para Caçadora. Ambos deram de ombros, sem saber o que fazer. O Usuário-que-não-é-um-usuário encarou novamente a velha mulher e, cautelosamente, entrou no salão e atravessou o chão colorido até ficar diante dela, a três blocos de distância. Sem precisa olhar para trás, percebeu que seus amigos o tinham seguido.

— É bom finalmente conhecê-lo, Gameknight999. — A velha virou-se para Monet. — Ahh... Vejo que trouxe a sua irmã também. Bem-vinda, Monet113. — Ela, então, voltou-se para Artífice e Caçadora. — Artífice, finalmente o conheço pessoalmente. Tenho ouvido muito sobre você ao longo dos anos. E, por último, Caçadora, a grande guerreira... Eu a observei muitas vezes na Terra dos Sonhos; você é uma protetora muito diligente... Confio em você, mas esperava também poder conhecer a sua irmã mais nova. Ah, bem, talvez mais tarde.

Os companheiros fitaram a velha, sem saber o que dizer.

Como é que esta mulher sabe todos os nossos nomes?, pensou Gameknight.

— Eu sei seus nomes, Gameknight999, porque o Criador, Notch, me fez para que eu fosse uma parte de *Minecraft* — explicou ela. — Eu não sou apenas mais um segmento do código em execução. Faço parte da trama que mantém tudo isso unido. Eu crio a música de *Minecraft* que todos ouvem quando sua mente está calma. Notch me concebeu para fazer parte do sistema, para que eu pudesse proteger os servidores e as vidas digitais que nele habitam. E existe algo ameaçando essas vidas, algo que você conhece pelo nome de Herobrine. Ele infectou estes servidores uma centena de anos atrás, e agora chegou a hora de ele ser controlado. Herobrine é um vírus que não podemos mais permitir que fique à solta, impune. Eu sou o antivírus.

Ela, então, aproximou-se um passo de Gameknight999 e fitou seus olhos preocupados.

— Usuário-que-não-é-um-usuário e seus companheiros de confiança, sejam bem-vindos ao meu covil — disse ela com uma voz rouca e antiga, abrindo bem os braços. — Eu sou o Oráculo, e a *verdadeira* batalha por *Minecraft* está prestes a começar.

CAPÍTULO 18
A ARMA

— Temos um monte de perguntas a fazer — disse Gameknight.

— Tenho certeza que sim — respondeu o Oráculo.

Gameknight olhou para Artífice, cujos olhos estavam ligeiramente arregalados, meio boquiaberto. O amigo parecia chocado de estar diante daquele pedaço da história de *Minecraft*.

— Artífice... você tem alguma pergunta? — disse Gameknight, um pouco mais alto.

— Certo, o negócio é o seguinte — disse Caçadora, passando na frente de Artífice e se aproximando da velha senhora.

Mas antes que ela pudesse terminar, um rosnado veio do túnel escuro à sua esquerda. Eram sons irritados, e não apenas de uma criatura, mas de muitas. Instintivamente, Gameknight apanhou sua espada e Caçadora sacou seu arco.

— Vocês não precisam de suas armas — disse o Oráculo. — Estão bastante seguros em meu templo.

— Como você sabe? — perguntou Caçadora. — E esses grunhidos? — Ela apontou para o túnel sombrio.

— Este é o meu domínio... e não o dele — afirmou o Oráculo, como se estivesse recitando alguma verdade universal. — Todos estão completamente seguros enquanto estiverem aqui comigo.

Caçadora olhou para Gameknight e, em seguida, abaixou lentamente o arco.

— Então... estamos aqui por causa do... — disse ela, mas foi interrompida.

— Eu sei por que vocês vieram — disse o Oráculo.

— Ah, é mesmo?

— Sim — respondeu a velha. — Vocês vieram aqui por causa de seu inimigo, Herobrine.

— Você sabe onde ele está? — perguntou Artífice, finalmente voltando ao normal.

— Sim. Eu posso senti-lo através das folhas das árvores. Há muitos e muitos anos, eu modifiquei o código das árvores para que eu pudesse acompanhar sua posição, usando as folhas para sentir sua presença. Além disso, quando criei meus lobos, eu os enviei para ficarem de olho em Herobrine em todos os planos de servidores e o atacarem em qualquer oportunidade.

Pastor imediatamente se animou ao ouvir aquela menção aos lobos.

— Sim, Pastor — disse o Oráculo. — Eu criei seus amiguinhos.

Os olhos de Pastor se arregalaram de espanto, depois voltaram-se na direção do túnel escuro que perfurava a parede do salão.

— Claro — respondeu ela, de alguma forma ouvindo a pergunta não formulada de Pastor. — Vá visitar meus amigos. Eles vão aceitá-lo, da mesma maneira como todos os animais o aceitam em *Minecraft*.

O jovem franzino deu um passo em direção ao túnel e em seguida virou-se para Gameknight999.

— Pode ir em frente — disse Gameknight. — Vamos ficar bem aqui, por enquanto.

Dando um enorme sorriso, Pastor atravessou o salão correndo e entrou no túnel escuro. No mesmo instante, Gameknight ouviu o latido do que parecia ser uma enorme alcateia, cujos uivos animados ressoavam por toda a câmara.

Olhou novamente para o Oráculo e viu que ela estava sorrindo.

— Ele é um bom menino — disse a velha. — Você fez bem em aceitá-lo como ele é.

— Pastor faz parte de nossa comunidade — disse Artífice orgulhosamente –, e é um amigo de confiança.

O Oráculo sorriu e assentiu.

— Isto tudo está ótimo, mas não viemos aqui para brincar com um bando de cães — disse Caçadora. — Precisamos de algo para nos ajudar a derrotar Herobrine. Tenho certeza de que todo exército dele está vindo atrás de nós neste exato momento.

— Eles já chegaram — disse o Oráculo. — Já estavam aqui antes mesmo de vocês começarem a sua viagem.

— Como é? — disse Caçadora irritada, preparando uma seta em seu arco.

— Relaxe... você está segura dentro destas paredes.

— Mas e quanto aos nossos amigos que estão do lado de fora? — perguntou Gameknight. — Temos que protegê-los, e devemos derrotar Herobrine. Ele quer escapar dos servidores de *Minecraft* e ir para o mundo físico... Eu não posso permitir isso.

— Eu sei — respondeu o Oráculo.

— E eu não sei como derrotá-lo — disse o Usuário-que-não-é-um-usuário. — Ele é muito rápido graças a seus poderes de teleporte. Eu nunca sei onde ele está ou onde vai atacar em seguida.

— Eu sei.

— Precisamos de algo que nos ajude a destruí-lo — disse Gameknight, agora com um tom suplicante. — A segurança do mundo físico e a segurança de *Minecraft* são fundamentais, mas não sabemos como impedir Herobrine.

— Eu sei.

— Você só fica aí dizendo "eu sei... eu sei", mas não ouço você dizer que vai nos ajudar — falou Caçadora. — Vir até aqui foi só perda de tempo? Há monstros a caminho, você mesma disse, e eles precisam ser destruídos. Mas primeiro precisamos descobrir uma maneira de acabar com Herobrine. Você vai ajudar?

— Há tempos eu a observo, Caçadora — afirmou o Oráculo, então suspirou. — Uma coisa terrível... o que aconteceu com a sua família. Você agora está repleta de tamanho ódio e violência que, em algum momento, a sua sede de vingança acabará consumindo a pessoa maravilhosa que você é, até somente restar a dor e a morte. Você está percorrendo um caminho perigoso.

— O quê? — perguntou Caçadora, confusa. — A questão aqui não sou eu, e sim matar todos os monstros.

— Você procura violência antes de procurar o entendimento — retrucou o Oráculo. — Estas criaturas não estão vindo aqui por opção, estão sendo conduzidas forçosamente por Herobrine.

— Eu não estou nem aí para o motivo por que elas estão vindo... são monstros, então devem ser destruídos. Nós não podemos confiar neles nem viver com eles nem deixá-los em paz porque, em algum momento, eles vão nos atacar — gritou Caçadora, dando um passo para aproximar-se da NPC anciã.

— Talvez eles pensem a mesma coisa sobre você.

— Quem se importa com o que eles pensam? Eles são monstros e não temos nada em comum com eles!

— Você só não tem nada em comum com alguém quando não olha com atenção — respondeu a velha, sua voz rouca com um tom ancião e sábio. — Caçadora, você domina a Terra dos Sonhos como nenhum outro o fez na história de *Minecraft*. Por isso eu tenho orgulho de você.

A velha, em seguida, olhou para Monet113 e deu um sorriso entendedor. Monet desviou o olhar rapidamente, como se tivesse sido pega fazendo algo errado. Gameknight olhou para a irmã e, em seguida, novamente para o Oráculo, confuso.

— Mas eu não tenho uma arma secreta capaz de matar Herobrine para você — disse a velha.

— Bem, foi mesmo uma ótima ideia vir até aqui! — vociferou Caçadora, olhando para Artífice e Gameknight999.

— No entanto — continuou o Oráculo —, eu tenho metade da arma que você precisa.

Ela buscou em seu inventário e retirou o que parecia ser um ovo. Tinha a forma de um daqueles ovos de aranha que Gameknight vira no ninho de Shaikulud, redondo em uma extremidade e estreitando-se ligeiramente na outra. Mas este tinha uma cor rosada, quase um tom rosa-claro, com pontinhos ao longo da superfície.

Segurando-o cuidadosamente com as duas mãos, o Oráculo ofereceu-o para o Usuário-que-não-é-um-usuário.

— O que é isso? — perguntou Gameknight.

— Esperança — respondeu ela.

Dando um passo à frente, ele estendeu o braço e tomou o ovo das velhas mãos enrugadas. Inspecionando a sua superfície, Gameknight999 esperou ver algum tipo de botão ou interruptor que pudesse acionar para transformá-lo em alguma outra coisa... em algo de utilidade, mas não viu nada. Revirou-o em suas mãos, olhou com atenção para a sua superfície e em seguida ofereceu-o para Artífice.

— NÃO! — exclamou o Oráculo. — Esta arma foi feita para as mãos do Usuário-que-é-não-um-usuário. Só ele pode manejá-la, se descobrir como.

Gameknight olhou para Artífice, esperando que seu sábio amigo lhe desse algum tipo de conselho, mas os grandes olhos azuis dele mostravam a mesma confusão que Gameknight sentia. Olhando para Caçadora, Gameknight pensou em perguntar se ela tinha alguma ideia.

— Eles não podem ajudar em nada — disse o Oráculo, de alguma forma ouvindo os pensamentos dele. Então ela levantou a voz para que ressoasse em todo o salão. — Gameknight999, esta é uma arma que só pode ser usada uma única vez. Se for usado no momento errado, falhará, e você também falhará. Se for usada incorretamente, falhará, e você também falhará.

Ela olhou fundo nos olhos de Gameknight com uma intensidade que o fez querer desviar o olhar, mas por alguma razão ele não conseguia. De olhos fechados, ela inclinou-se ligeiramente, e depois continuou em tom baixo, ameaçador:

— Você deve ter a sabedoria para saber quando e como usar esta arma. O mundo inteiro, tanto *Minecraft* quanto o mundo físico, está por um fio, e quaisquer erros vão fazê-lo mergulhar tanto na miséria quanto no desespero. Tudo depende da sabedoria do Usuário-que-é-não-um-usuário.

E então, enquanto suas palavras ecoavam dentro da mente de Gameknight, o Oráculo ficou em silêncio.

— Bem... mas sem querer fazer pressão, tá? — disse Caçadora com um sorriso.

— Caçadora, fique quieta! — vociferou Artífice.

Gameknight olhou para a arma em suas mãos e imaginou como poderia usá-la. Fechou os olhos e deixou os sentidos vagarem em torno do ovo, tentando sentir os seus segredos... mas nada lhe ocorreu. Nenhuma ideia de como usá-lo, nenhum truque inteligente, nenhuma sabedoria... nada.

Balançando a cabeça, ele guardou cuidadosamente o ovo em seu inventário.

— Tá bem, você sabe o que fazer? — perguntou Caçadora.

Balançando a cabeça, Gameknight olhou para o chão, envergonhado com sua falta de entendimento... com seu fracasso.

— Talvez ele venha a entender, com o tempo — disse o Oráculo.

– Você realmente foi de grande ajuda — vociferou Caçadora, cheia de sarcasmo.

— Caçadora... seja respeitosa — recriminou Artífice.

— Bem, e aí? — respondeu ela, virando-se e voltando a seguir em direção às escadas, o cabelo vermelho balançando no ar como uma onda carmesim.

Parando no pé da escada, Caçadora olhou por sobre o ombro para o Oráculo.

— Nós precisamos voltar para os nossos amigos que estão na superfície — disse ela, transferindo o arco da mão direita para a esquerda. — A passagem está aberta?

O Oráculo fechou os olhos por um momento. O som de pedra raspando contra pedra reverberou através do templo por um momento, depois parou.

— Agora você pode sair — disse a velha.

— Ótimo — respondeu Caçadora, e em seguida virou-se para encarar seus companheiros. — Vamos para a superfície. Nós precisamos nos certificar de que tudo esteja pronto quando Herobrine chegar aqui. — Ela, então, apontou para Gameknight999 com seu arco. — Você precisa descobrir como fazer essa arma funcionar até lá, senão vai ser o fim do jogo... entendeu?

Gameknight assentiu. Olhando para Artífice, viu pela reação de seu amigo que ele estava sentindo incerteza e medo.

Como é que vou fazer isso?, pensou. *Eu não tenho a menor ideia do que fazer com este ovo ou sei lá o quê. Todos estão contando comigo, esperando que eu seja algum tipo de especialista. Mas eu não sou... Eu sou apenas uma criança. O que vou fazer?*

Seja paciente e tenha fé, disse uma voz em algum outro lugar de sua mente.

Dando meia-volta, olhou para o Oráculo e descobriu que ela exibia agora um sorriso irônico no rosto.

— Como assim "tenha fé"?! — disse ele, irritado e frustrado com a falta de ajuda dela.

— Tenha fé nas pessoas à sua volta — respondeu o Oráculo. — Mesmo o menor e mais jovem tem algo a contribuir. A ajuda chegará do mais inesperado dos lugares.

— Você fala em enigmas — queixou-se Gameknight, virando-se e seguindo Caçadora escada acima, sendo acompanhado por Monet e Artífice.

Enquanto subia as escadas, Gameknight olhou uma última vez para o Oráculo. Seu cabelo grisalho comprido parecia brilhar à luz das tochas da caverna ornamentada. Mas, ao olhar para ela, sentiu sua própria dúvida rodeá-lo como uma alcateia preparando-se para atacar.

CAPÍTULO 19
AS MANDÍBULAS SE FECHAM

Quando Gameknight999 saiu do templo, encontrou a paisagem banhada na escuridão; o sol estava agora completamente escondido atrás do horizonte. Isso o preocupou, mas o que mais o preocupava eram os NPCs que corriam por ali em um estado de pânico.

— Qual é o problema? — perguntou, saindo pela porta coberta de mofo.

— Os batedores informaram que há dois enormes exércitos de aranhas vindo direto para cá — disse Professora.

Olhando o templo às suas costas, ele viu Escavador e Artífice saindo. Na escuridão, as tochas que tinham sido colocadas ao redor da estrutura faziam com que ela se destacasse como uma espécie de sagrado monumento, afastando as sombras da noite.

Gameknight viu que os aldeões haviam construído ao redor do templo uma série de muralhas. Pedra, tijolo, pedregulho e terra tinham sido utilizados para isso; qualquer coisa que fosse capaz de produzir um obstáculo útil para os monstros que os cercavam lentamente. Nas laterais do templo, avistou torres altas de arqueiros, que tinham sido construídas com pedregulho e terra, com um conjunto de flechas pontiagudas apontando para fora. Perto da base de cada torre havia canhões de dinamite, cada qual mirando uma direção diferente, de modo a cobrir um campo maior de artilharia. Em torno dos canhões, os aldeões tinham disposto grandes áreas de areia de almas; os blocos enferrujados com sorte retardariam o avanço de quaisquer atacantes.

Onde será que eles arrumaram toda essa areia de almas?, pensou Gameknight. Ele imaginou que provavelmente o fizeram graças ao seu amigo, Shawny.

Gameknight sorriu.

Em frente ao templo, os NPCs tinham livrado uma grande área da selva, o que obrigaria os monstros a atravessarem um enorme espaço aberto. Tochas haviam sido colocadas por toda a clareira, dando aos aldeões alvos iluminados em que disparar. As luzes flamejantes tremulavam ao vento, pintando a paisagem com um curioso pincel; grandes círculos de luz dourada pontilhavam o panorama sombrio como enormes pontos brilhantes na tela de um pintor. Com sorte, esses pontos facilitariam que os NPCs avistassem os monstros... e pudessem, assim, destruí-los.

Ao longo da clareira havia largas faixas de cascalho. Gameknight sabia que os NPCs provavelmente haviam construído armadilhas de redstone como as que existiam em sua aldeia. Ele avistou um edifício feito de pedregulho muito perto da entrada do templo. Lá dentro, viu alavancas nas paredes, e linhas finas de redstone que levavam até elas. Nas janelas havia grades de ferro, que permitiriam ao operador observar a batalha, mas, ao mesmo, tempo manter-se longe da área de ataque.

Os aldeões tinham mesmo mostrado a que vieram.

— Vocês todos se saíram muito bem! — gritou Gameknight.

Os NPCs sorriram, limpando a fronte suada. Muitos ainda estavam adicionando blocos nas paredes, enquanto outro grupo escavava um canal profundo no rio que rodeava o templo, tornando-o mais difícil de atravessar.

Caçadora aproximou-se dele.

— Eles fizeram um bom trabalho, não é? — falou ela.

— Sim, fizeram — respondeu Gameknight, mas, em seguida, inclinou-se e baixou a voz. — O problema é que estamos presos aqui. Nós não temos nenhuma mobilidade, nenhuma capacidade de alterar o local da batalha. Basicamente estamos presos, de costas para o mar. — Ele olhou em volta para se certificar de que ninguém mais poderia ouvi-lo. — Herobrine poderá enviar onda após onda de monstros para nos atacar e não poderemos fazer nada, a não ser lutar até nos vermos lentamente reduzidos a nada. Eu vi quantos monstros ele angariou para esta luta; não temos chance de vencer.

Caçadora o encarou e, em seguida, deu-lhe um dos seus sorrisos maníacos.

— Ei... tenha fé — disse ela. — Olhe para todas essas pessoas ao seu redor. Você não está vendo a fome em seus olhos? — Caçadora, em seguida, ergueu a voz para que todos pudessem ouvir. — Herobrine pode enviar quantas criaturas ele quiser contra estas defesas. Elas vão bater nas nossas muralhas e serão anuladas vez após vez.

Muitos dos NPCs aplaudiram e soltaram vivas.

— Está vendo? — Ela voltou-se para Gameknight999. — Nada demais.

— Como assim? Do que você está falando? — perguntou ele, baixinho. — Não são as aranhas o que me preocupa, muito embora eu tenha visto quantas eles têm e acredite que sobreviver a esse exército será um milagre. Mas digamos, hipoteticamente, que sejamos capazes de derrotar essas aranhas. O que fazemos com Herobrine?

Ele então se aproximou e sussurrou no ouvido dela:

— Com seus poderes de teleporte, ele poderia simplesmente se deslocar de um lugar a outro e nos atacar um de cada vez, e não teríamos como impedir. — Gameknight, em seguida, olhou fundo em seus olhos castanho-escuros, o cabelo encaracolado vermelho iluminado por uma tocha próxima criando um halo carmesim em torno da sua cabeça quadrada. — O que eu vou fazer?

— Você vai fazer o que sempre faz — disse ela.

— Que seria...?

— Você vai descobrir no último segundo, e em seguida fazer alguma loucura que vai salvar o dia — explicou Caçadora. — Isso é o que você faz... é o que te torna o Usuário-que-não-é-um-usuário. Então você não tem com o que se preocupar. Basta ter paciência e aguardar pela inspiração que, pelo visto, sempre vem quando tudo parece perdido. Se bem que eu não acharia ruim se você descobrisse isso um pouquinho mais cedo.

Ela sorriu e lhe deu um tapinha nas costas, depois saiu correndo, rindo, seu arco encantado lançando um brilho iridescente azul na escuridão.

Gameknight virou-se novamente para o templo e viu Monet parada na entrada, com Costureira ao seu lado. Correu até elas e as alcançou justamente antes de saírem para assumir uma posição entre os defensores.

— Monet, Costureira... esperem! — gritou Gameknight, quando se aproximou.

— O que foi, mano? — perguntou Monet.

— Para onde vocês duas estão indo?

— Temos um bom local na torre de arqueiros à esquerda — disse Costureira, sacando seu arco. Ondas de magia ondulavam ao longo de seu comprimento, banhando seu rosto com um brilho azul.

— Monet não vai — disse Gameknight.

Virando-se, descobriu que sua irmã também tinha sacado o arco, e que ele também era encantado.

— Onde você conseguiu isso? — perguntou ele. — Caçadora estava com o próprio arco.

— Alguns dos batedores toparam com uns esqueletos — Monet113 explicou. — Um deles tinha esta boa arma, e eles imaginaram que eu faria bom uso dela.

Gameknight assentiu, mas agarrou o braço da irmã quando ela tentou se afastar.

— Não, você não — ordenou ele. — Você não vai lá. Papai me deixou responsável por você, por menos que eu goste disso, e ficar no meio desta batalha é o lugar mais perigoso que pode existir.

—Você ainda não confia em mim, não é? — perguntou Monet, olhando para o irmão e recusando-se a recuar.

—Não é uma questão de confiança, e sim de responsabilidade. Papai me colocou no comando porque precisava viajar... como sempre. Eu não quero esta responsabilidade, mas não tenho escolha. Agora, eu vou dar-lhe uma tarefa, e se você não me ouvir, eu vou fazer um dos NPCs colocarem você em algum lugar seguro.

Olhou para a direita e chamou Ferreiro, fazendo sinal para ele se aproximar. O NPC grandalhão com avental empoeirado correu até Gameknight e esperou pacientemente. Monet olhou para o ferreiro, então suspirou e assentiu.

—Excelente — disse Gameknight. — Agora, seu trabalho é proteger o Oráculo. Volte para o templo e fique lá até eu chamar por você.

—Mas eu posso ajudar! — gritou ela.

—Sem ofensa, Monet, mas que diferença poderia fazer uma flecha nesta batalha? Olhe ao redor. — Ele gesticulou para os NPCs que estavam terminando seus preparativos. — Esses aldeões estão preparados para enfrentar o que está para acontecer; isso é algo que faz parte da vida deles há anos. Mas você... você não sabe nada sobre a guerra, sobre combater. Sua única flecha não fará diferença nesta batalha. Agora, me obedeça.

—Mas... — protestou ela. Porém, Gameknight virou-se e olhou para Ferreiro. O NPC deu um passo adiante e olhou feio para Monet113.

—Está bem — disse ela, irritada e de mau humor, voltando para o templo.

Depois de assistir sua irmã entrar lentamente no templo, Gameknight se virou e olhou para Costureira.

— Sabe de uma coisa, você está errado em relação a ela — disse a NPC.

— O que quer dizer? — perguntou Gameknight. — Preciso tomar conta dela, essa é a minha responsabilidade. Então, o que posso fazer além de colocá-la em algum lugar seguro?

Eu odeio ter toda essa responsabilidade!, pensou.

— Antes de mais nada, não há lugar aqui que seja seguro — disse Costureira. — E, em segundo lugar, cuidar dela não significa colocá-la em uma caixinha. Cuidar dela significa tratá-la com respeito e deixar que ela prove seu próprio valor, não apenas para você, mas também para si mesma. O que você fez a tornou insignificante, e isso é pior do que colocá-la em perigo. — Ela fez uma pausa para retirar uma seta do seu inventário e ajustá-lo no arco. — Você deveria ter mais fé em sua irmã, assim como eu tinha fé em você.

E então ela se virou e saiu correndo em direção à torre de arqueiros. Gameknight sentiu vontade de ir atrás dela, mas um grito vindo da selva impediu-o de fazer isso.

— ELES ESTÃO VINDO... ELES ESTÃO VINDO... ELES ESTÃO... — a voz foi repentina e violentamente cortada.

Era um dos Sentinelas. Escavador os tinha posicionado na copa das árvores, e colocado batedores montados por toda a selva. O grito fez os NPCs empunharem suas armas e se colocarem em posições defensivas. Gameknight viu os arqueiros nas torres encaixando setas em seus arcos. Os NPCs colocaram tochas ao longo das muralhas protetoras enquanto sacavam suas armas, para ter certeza de que poderiam ver bem na escuridão. Os que carregariam os canhões apanharam pilhas de dinamite e prepararam a artilharia. Os guerreiros montaram em seus cavalos, em seguida sacaram as espadas, que brilharam à luz da lua cheia.

Todas as peças do seu lado do tabuleiro estavam prontas, mas por alguma razão, tudo parecia errado para Gameknight999. Ele sentia falta de alguma coisa ali, mas não sabia o que era. Olhando para as defesas, procurou por Artífice, a fim de perguntar o que estava faltando, mas já era tarde demais.

— As aranhas ESTÃO AQUI! — Um cavaleiro gritou enquanto saía da selva, sua armadura rachada e arranhada.

Gameknight viu mais cavaleiros se movimentando por entre as árvores, tentando escapar da folhagem, mas era como se algum tipo de maré escura estivesse engolindo-os: uma onda de cliques com múltiplos olhos e sede de violência. Os gritos de socorro dos cavaleiros destroçaram o coração dos defensores, mas todos sabiam que não havia nada que pudesse ser feito.

Diante deles, uma horda gigantesca de aranhas saiu da selva, os corpos sombrios se misturando com a escuridão da noite, seus olhos emitindo um brilho intenso. As criaturas saíram, mas em seguida estacaram na orla da floresta. Havia centenas de aranhas das cavernas misturadas às aranhas pretas gigantescas. Algumas delas eram menores, apenas filhotes, mas portando garras afiadas como navalhas e presas venenosas. Havia tantas que Gameknight999 não podia sequer contá-las. No topo do penhasco íngreme com vista para o templo, Gameknight viu uma aranha, maior do que todo o resto, mover-se lentamente até a borda e olhar para as demais. Esta criatura tinha olhos roxos brilhantes que ardiam com um inextinguível ódio dos NPCs. Gameknight sabia que era a aranha que tinha assombrado seus sonhos: Shaikulud... criação de Herobrine.

Gameknight viu a rainha aranha olhar para o seu próprio exército e quase teve a impressão de que ela sorriu. Acompanhando o olhar dela, ele percebeu que estavam completamente cercados. Havia aranhas não só diretamente na frente deles, mas também na sua retaguarda, encurralando-os diante da praia que devia estar a uns vinte blocos atrás do templo. Shaikulud os colocara numa armadilha cujas mandíbulas estavam prestes a se fechar.

O Usuário-que-não-é-um-usuário não sabia o que fazer. Havia tantas aranhas; tanto ódio... e em ambos os lados. Ele esperava que uma solução em breve aparecesse dentro de sua mente, como Caçadora tinha dito, mas agora não havia nenhuma das peças do quebra-cabeça... Ele não tinha nada.

Então, por falta de uma ideia melhor, Gameknight999 desembainhou a espada encantada e em seguida rumou para a frente de suas defesas, depois levantou bem alto a arma. Após dar a inspiração mais profunda que seus pulmões quadrados poderiam suportar, ele gritou com toda a sua força, um grito que foi acompanhado por todos os NPCs:

— POR *MINECRAFT*!

Então, ele agarrou o punho da espada com firmeza e esperou.

CAPÍTULO 20

A BATALHA PELO TEMPLO DA SELVA

Do alto do penhasco situado em frente ao templo, Gameknight ouviu um estalo guinchado que perfurou o barulho dos defensores e os sons das aranhas que se aproximavam. Aquilo trouxe um estranho silêncio ao que em breve seria o campo de batalha e elevou a tensão dos NPCs a um nível intolerável. Todos os olhos se voltaram para a aranha rainha, que fitava desdenhosa os aldeões, os olhos roxos flamejantes de ódio, seu corpo iluminado pelo luar pálido.

Gameknight notou que seus múltiplos olhos registraram as defesas do inimigo e em seguida viraram-se para encarar as aranhas que circulavam pela orla da clareira. Shaikulud, então, focou sua mirada hedionda diretamente no Usuário-que-não-é um-usuário. Ele podia sentir todos aqueles olhos fitando-o, o que amplificou seu medo. Desviou o olhar. Subitamente, Caçadora estava ao seu lado, pousando uma mão de modo reconfortante em seu ombro. E então Escavador surgiu do outro lado, segurando a grande picareta por cima das espáduas. Os ombros dos amigos roçavam ligeiramente nos de Gameknight, e ele sentiu a força e a coragem dos dois NPCs.

Eu não vou ter medo desse monstro, pensou ele, apesar de a incerteza infiltrar-se em sua mente. *E se eu não conseguir derrotá-la, e se forem aranhas demais, e se...* Então algo que seu pai tinha dito para ele há muito tempo lhe veio à mente: "Jamais se concentre no "*e se*"... Sempre se concentre *no agora*." E ele tinha razão: *o agora* era tudo que importava.

Caçadora sussurrou algo baixinho, apenas para que Gameknight999 pudesse ouvir:

— A família cuida da família — disse, olhando fixamente para a aranha enorme.

— É isso mesmo — ecoou Escavador.

Eu não vou me concentrar no "e se", vou me concentrar só no agora. E o agora me diz que tenho algumas aranhas para destruir, pensou Gameknight.

Sentindo a coragem começar a crescer em seu peito, o Usuário-que-não-é um-usuário olhou novamente para a rainha aranha e, em seguida, caminhou até a muralha mais distante. Saltou sobre ela e deu alguns passos para a frente, depois sacou a espada de diamante e desenhou uma linha no chão com a ponta afiada.

Shaikulud, ao ver isso, soltou um grito agudo altíssimo. O som fez as centenas de aranhas que a rodeavam clicar suas mandíbulas pontiagudas, gerando uma onda de ruído que fez vários NPCs taparem os ouvidos... mas Gameknight recusou-se a fazer isso. Dando mais um passo à frente, ele olhou para a aranha rainha e, em seguida, gritou com todas as suas forças:

— PODEM VIR!

Os NPCs, ouvindo a voz do Usuário-que-não-é um-usuário, soltaram gritos e vivas que abafaram o clicar das mandíbulas das aranhas. Parecia que a batalha da acústica estava a favor da NPCs. Porém, foi aí que as aranhas atacaram.

Para Gameknight999, parecia que tudo estava se movendo em câmera lenta. Ele viu uma centena de aranhas gigantes correrem em direção a ele, os pelinhos pretos de seus corpos movendo-se em todas as direções ao mesmo tempo. As aranhas atravessavam os círculos de luz lançados sobre o campo de batalha pelas muitas tochas que tinham sido colocadas pelos NPCs, cuja iluminação tentava afastar a escuridão da noite. Suas mandíbulas cinzentas e pontiagudas clicavam sobre as bocas aracnídeas enquanto elas focavam os olhos vermelhos incandescentes sobre ele. Gameknight ouviu o ruído do rio correndo quando elas se lançaram às suas águas, avançando em câmera lenta na direção dele. O zumbido dos arcos de arqueiros encheu seus ouvidos à medida que os monstros se aproximavam cada vez mais. Todas essas sensações pareciam ampliadas e esmagadoras, até que Caçadora o agarrou pelo ombro e sacudiu-o.

— Temos de ir para trás das defesas — disse ela, depois o sacolejou novamente. — Gameknight! Vamos!

Mas ele não pensava mais nada. Gameknight tinha ido para um lugar onde ele apenas reagia, onde seu corpo fazia somente o que sabia fazer de melhor ... e, em *Minecraft*, isso era lutar.

Ignorando seus amigos, Gameknight sacou a outra espada. Com a lâmina de diamante na mão direita e a de ferro na esquerda, ele avançou sobre a onda de monstros que se aproximava, gritando a plenos pulmões:

— POR *MINECRAFT*!

Os aldeões, vendo-o com as duas espadas, avançaram junto com ele. Os dois exércitos se encontraram nas margens do rio. Os NPCs atacaram as aranhas que tentavam sair das águas. Os aldeões tinham retirado os blocos do leito do rio, aumentando a profundidade nas margens para dificultar a saída delas. O esforço valeu a pena, pois agora bolinhas de XP boiavam no rio e eram absorvidas pelos aldeões, que continuavam golpeando os monstros sem parar. Entretanto, mais criaturas de oito patas saíram da selva e aumentaram o batalhão. Logo, elas já estavam subindo nos corpos de suas companheiras para sair do rio, cujo leito profundo viu-se repleto de monstros.

Os NPCs não tinham opção a não ser bater em retirada.

Os espadachins correram de volta para a sua primeira muralha defensiva, sacaram seus arcos e dispararam contra as aranhas a dez blocos de distância, na esperança de retardar seu avanço. Não adiantou grande coisa. As aranhas começaram a sair do rio como uma maré negra e bateram na primeira muralha como se ela sequer existisse.

Gameknight parou à frente das defesas e continuou atacando os monstros com ambas as espadas. Girando para a esquerda e para a direita, ele parecia um turbilhão da morte, um tornado afiado como uma navalha que atravessava o exército de Shaikulud com um sentimento de vingança. Porém, para cada aranha que ele matava, outras duas tomavam o seu lugar.

Eles estavam perdendo a batalha.

— Recuem até a segunda muralha! — gritou Gameknight.

Os aldeões tinham praticado esse movimento: abandonaram a batalha, deram meia-volta e atravessaram correndo as aberturas na muralha seguinte. Depois que o último aldeão passou para o outro lado da barreira, os buracos foram preenchidos com blocos de pedregulho.

Escavador gritou para os operadores dos canhões.

— CANHÕES... AGORA!

Sua voz ressoou por toda a paisagem, mas foi rapidamente engolida pelo som das explosões de dinamite.

Os canhões grunhiram e arrotaram seus cubos piscantes de dinamite. Os explosivos iluminaram o céu da noite com um *flash* momentâneo ao caírem sobre as aranhas que estavam subindo a primeira muralha defensiva, abrindo enormes buracos no terreno e consumindo o HP do corpo dos monstros. Então, os arqueiros nas torres começaram a lançar uma chuva pontiaguda sobre os atacantes. Gameknight viu as flechas flamejantes de Caçadora e Costureira descendo sobre os blocos de dinamite que tinham sido cuidadosamente escondidos naquela muralha. Eles piscaram durante o que pareceu ser um longo tempo torturante e então detonaram, abrindo grandes trechos de destruição no exército das aranhas.

— REDSTONE... AGORA! — gritou Escavador.

Numerosas alavancas foram acionadas, ativando circuitos de redstone que estavam escondidos no subsolo. Eles detonaram ainda mais blocos de dinamite, transformando a terra que estava na frente do templo numa terra de ninguém. As aranhas voavam pelos ares à medida que os blocos explodiam; e o HP abandonava seus corpos escuros assim que eram atiradas para o alto.

Porém, mesmo com tanta morte e destruição, as aranhas avançavam.

— Continuem atirando! — berrou Gameknight, movimentando-se sobre a última muralha de defesa, soltando gritos para motivar os NPCs.

As aranhas continuaram avançando. Onda após onda saía da selva escura e lançava-se rio adentro. A dúvida começou a assaltar a mente de Gameknight.

E agora, o que eu faço...? O que eu faço?

Porém, antes que ele pudesse realmente pensar nesse assunto, sentiu um puxão em sua manga e ouviu alguém gritando seu nome.

— Gameknight, eu sei o que fazer... Gameknight... TOMMY!

Ele virou-se e viu a irmã ao seu lado.

— Eu sei o que fazer! — gritou ela.

Antes que ele pudesse repreendê-la por sair do templo, ela correu até a base da torre e gritou para os arqueiros.

— CAÇADORA... COSTUREIRA... DESÇAM ATÉ AQUI AGORA!

Sem esperar resposta, ela correu de volta para Gameknight e aguardou.

— O que você está fazendo aqui? — perguntou ele. — Eu disse para você ficar no templo!

Monet olhou para ele, em seguida levantou a palma da mão cúbica.

— Fale com a mão — disse, de cara feia.

Ele odiava quando ela fazia isso, mas sabia que não adiantava falar com ela quando estava naquele estado de espírito.

Caçadora e Costureira vieram correndo da base da torre e pararam ao lado dos irmãos.

— O que foi? — perguntou Caçadora.

— O que há de errado? — ecoou Costureira.

— Venham comigo — disse Monet.

Ela virou-se e correu para o templo, depois parou e olhou para os outros três, que não haviam movido um músculo.

— Me sigam... AGORA!

A ferocidade do seu tom fez o trio acompanhá-la.

— Escavador, vigie nossa retaguarda e mantenha todos lutando — Gameknight gritou para o NPC grandalhão que estava agora na muralha, atravessando com sua picareta as aranhas tolas que tentavam se aproximar. — Já volto.

Sem esperar por uma resposta, ele correu atrás das garotas.

Monet os guiou para o interior do templo, até as profundezas, onde os sons da batalha ficavam abafados.

— Isso vai funcionar — disse ela, em seguida deitou-se no chão. — Todos vocês, deitem-se. Temos que entrar na Terra dos Sonhos.

— O quê? — perguntou Gameknight. — Você sabe da...

— Costureira me ensinou — respondeu Monet. — Ela imaginou que, por sermos irmãos, provavelmente eu seria uma andarilha de sonhos como você... e ela tinha razão. Mas não temos tempo para discutir, portanto depressa... entra logo na Terra dos Sonhos.

Ela deixou a cabeça pender e fechou os olhos. Instantaneamente, sua respiração tornou-se lenta e rítmica. Gameknight deitou-se ao lado dela enquanto Caçadora e Costureira faziam o mesmo.

Fechou os olhos e deixou-se lentamente vagar naquele lugar entre a vigília e o sono, entre o consciente e o inconsciente... *até a Terra dos Sonhos. E, de repente, a neblina prateada que ele passara conhecer tão bem o rodeava. Paradas nas proximidades estavam Caçadora, Costureira e Monet, cada qual com um arco encantado nas* mãos.

Gameknight se pôs de pé e olhou para a irmã.

— E agora? — perguntou.

— Me sigam...até o topo do templo.

Ela deu meia-volta e subiu correndo os degraus, atravessou a entrada principal e depois subiu outro lance de escadas, que levava ao piso superior. Usando as escadas que o pedreiro tinha construído ali, foram até o telhado do templo e olharam para o campo de batalha. Eles viram os vultos parcialmente transparentes dos aldeões e das aranhas presos em uma dança da morte, lutando à frente. Porém, Gameknight notava agora uma mecha roxa delicada de algo que parecia conectar-se a cada aranha, os frágeis fios cor de lavanda brilhando na escuridão da noite.

— Deem só uma olhada na aranha perto de Escavador — disse Monet.

Ela preparou uma seta no arco e mirou cuidadosamente, depois disparou na aranha. Gameknight sabia que a flecha não a machucaria, pois a criatura não se encontrava na Terra dos Sonhos. Além disso, ele percebia, pela trajetória do projétil, que ele jamais atingiria o monstro. Dito e feito. Em vez de acertar a aranha, a flecha passou voando por cima dela e cortou o filamento roxo cintilante que estava enrolado ao redor de sua cabeça. A aranha, subitamente liberada da prisão do filamento, olhou em torno e saiu correndo, sem interesse pela batalha.

Monet então virou-se e olhou para seu irmão com um sorriso satisfeito no rosto cúbico.

— Fiz algumas experiências enquanto eu estava aqui no templo — disse ela. — Não temos que matar as aranhas, só precisamos cortar seus filamentos.

— Isso é fantástico — disse Caçadora, preparando uma seta e começando a disparar.

Costureira foi até sua irmã e fez o mesmo, disparando nos filamentos púrpura tão rápido quanto podia. Gameknight aproximou-se de Monet e, em seguida, imaginou seu arco favorito. Imediatamente, ele apareceu em sua mão. Preparou as flechas que o encantamento Infinidade lhe dispunha e disparou, depois preparou mais flechas e disparou... disparou... e disparou.

A barragem de flechas de sonho estava destruindo os inúmeros filamentos roxos, dando àqueles que estavam sobre as muralhas um descanso breve, mas Gameknight999 já via uma nova leva de aranhas saindo da selva. Essa onda possuía provavelmente trezentas vezes mais aranhas que a anterior, se não mais... Não havia nenhuma maneira de eles conseguirem conter aquela onda... era o fim.

Gameknight notou que todos os filamentos púrpura davam para o penhasco íngreme de frente para o templo. A névoa prateada da Terra dos Sonhos obscurecia o local onde os fios se uniam, mas Gameknight sabia quem os estava manipulando.

E, nesse instante, ele soube o que tinha que fazer.

— Continuem disparando — disse ele.

— O que você vai fazer? — perguntou Caçadora.

— Provavelmente algo idiota — respondeu ele, com um sorriso.

— Já gostei!

Gameknight acordou da Terra dos Sonhos e se levantou. Viu Caçadora, Costureira e Monet ainda deitadas no chão, dormindo, e cuidadosamente atravessou o corredor e subiu as escadas para sair do templo.

— ARTÍFICE... ONDE ESTÁ ARTÍFICE?!

— AQUI! — respondeu uma voz à sua esquerda.

Ele avistou Artífice lutando contra uma aranha das cavernas, sua espada de ferro golpeando o Irmão e consumindo o que restava de HP do corpo do aracnídeo. O monstro desapareceu com um estouro, deixando para trás três bolinhas de XP e um novelo de linha.

Virando-se, o NPC correu em direção a Gameknight999.

— Artífice, eu preciso de uma pérola do ender, rápido — pediu Gameknight.

— O quê?

— Só me passa uma pérola do ender, por favor... Preciso fazer uma coisa.

Buscando em seu inventário, Artífice entregou a esfera azulada para Gameknight, com olhos curiosos.

— Eu só tenho uma — disse Artífice. — O que você vai fazer?

— O que o Usuário-que-não-é-um-usuário foi destinado a fazer — respondeu ele, e depois correu para as linhas de batalha.

Gameknight escalou até o topo da muralha defensiva e olhou para o penhasco íngreme que dava de frente para o templo. Segurou a pérola do ender firmemente e atirou-o mais alto que pôde. Quando esta caiu no solo no topo do planalto, Gameknight foi imediatamente transportado até lá.

Ao se materializar, partículas roxas de teleporte brilharam sobre ele por um instante e depois desapareceram, enquanto a dor tomava conta de seus sentidos. Ele sabia que todo mundo sempre sofre danos quando utiliza uma pérola do ender.

Virou-se e viu Shaikulud na beirada do precipício, banhada pelo luar. Ela estava olhando para o seu exército, agitando um braço com garras para cima, orientando suas tropas como se estivesse conduzindo uma orquestra sinfônica.

— Chegou a hora de isso tudo acabar! — berrou Gameknight.

A aranha rainha virou-se e olhou para seu inimigo; em seguida, deu-lhe um sorriso sinistro cheio de presas.

— Ah, então nossss encontramossss em carne e osssso finalmente — disse ela, estalando as mandíbulas animadamente. — Suassss açõessss me causaram grande pesar, Usuário-que-não-é-um-usuário. Muitossss dossss meussss filhotessss precisaram morrer por sua causa. — Os olhos roxos emitiram um clarão mais intenso, preenchido por um ódio esmagador. — Eu vou me vingar de você, Gameknight999, e vê-lo sofrer, e então eu vou te matar.

— Você pode até tentar — vociferou Gameknight.

Devagar, ele desembainhou a espada de diamante com a mão direita, em seguida, sacou a espada de ferro com a esquerda. Deu um passo à frente para que ficasse a poucos passos do monstro aterrorizante e olhou para Shaikulud, recusando-se a ter medo.

— Venha, aranha... vamos dançar!

CAPÍTULO 21

CORTANDO AS CORDAS DAS MARIONETES

Shaikulud investiu contra Gameknight999, e as garras de suas patas dianteiras cintilaram diante do rosto dele, assoviando ao cortar o ar. Recuando, ele ergueu a espada de ferro para bloquear o ataque, enquanto ao mesmo tempo tentava golpear a aranha com sua espada de diamante. O segundo conjunto de patas de Shaikulud desviou-se do ataque e ela soltou uma risada maníaca que ecoou por toda a paisagem.

— Você vai ter que fazer melhor que issssso, *usuário* — gritou ela, seus olhos agora em chamas.

Movendo-se à velocidade da luz, ela saltou em cima dele com as garras estendidas. Gameknight girou para o lado e evitou as patas dianteiras, mas uma garra da parte traseira dilacerou sua armadura, fazendo com que um pedaço da placa de diamante caísse no chão. Gameknight olhou para a placa de armadura e viu o local onde a aranha havia cortado aquela superfície quase impenetrável.

— Aparentemente sua armadura não é à prova da rainha das aranhas — disse Shaikulud com uma gargalhada sinistra.

Gameknight avançou antes que o monstro parasse de gargalhar, tentando golpear suas patas dianteiras com a espada de ferro, e depois girou e atacou a lateral do corpo dela com a lâmina de diamante. A ponta rasgou o lado do corpo da aranha, fazendo-a emitir um clarão vermelho. Ele pressionou o ataque e continuou a fazê-la recuar, brandindo ambas as espadas enlouquecidamente. Desferiu outro golpe com a lâmina de diamante e então atacou com a de ferro, atingindo uma das patas.

Clarão vermelho.

Shaikulud deu um passo para trás enquanto ele avançava e disparou uma teia de aranha, que se prendeu no pé de Gameknight e na ponta de sua lâmina de diamante. A âncora repentina em seu pé quase o fez cair no chão. O Usuário-que-não-é-um-usuário tentou libertar o pé puxando-o com todas as forças, mas este estava capturado firmemente pela teia. Puxou a espada de diamante, mas também ela estava presa.

De repente, sentiu uma garra atravessar sua armadura e rasgar outro pedaço do revestimento protetor. Virou-se e baixou a espada de ferro bem a tempo de bloquear uma garra afiada como navalha que tentava atingir sua cabeça. Brandindo a lâmina descontroladamente, ele fez a rainha das aranhas recuar novamente. Gameknight sabia que estava preso e não tinha escolha; soltou a espada. Quando esta ficou presa na teia branca entrelaçada, ele enfiou a mão no inventário e retirou a picareta. Brandiu-a na teia, ao mesmo tempo em que conservava a espada a postos, e conseguiu abrir um buraco na teia pouco antes da investida seguinte de Shaikulud. Rolando pelo chão, ele pegou a sua espada e o cubo de teia de aranha justamente quando as garras pontiagudas atravessaram o ar e passaram de raspão pela sua cabeça.

Sacando novamente a lâmina de diamante, ele virou-se para enfrentar a aranha gigante. Ela agora o encurralara de tal maneira que as costas dele estavam voltadas para o penhasco escarpado que dava de frente para o campo de batalha mais abaixo. Shaikulud deu um passo à frente e disparou uma teia à direita, formando uma muralha branca distorcida. Ela, então, disparou nova teia à esquerda, fechando completamente a retaguarda de Gameknight.

O que ela está fazendo?, pensou ele.

Ela atirou mais teia branca e construiu uma parede de teia bem na frente dele. O Usuário-que-não-é-um-usuário recuou, aproximando-se da beirada do penhasco, agarrou firme suas duas espadas e se preparou para o próximo ataque. Sem se enredar na teia, Shaikulud andou com facilidade por ela e aproximou-se um passo do seu adversário. Brandindo as lâminas na sua frente em um movimento complexo, ele se transformou em um moinho de vento afiado como uma navalha, preparado para dilacerar qualquer parte dela que se aproximasse. Mas ela não atacou. Em vez disso, lançou mais teia de aranha em torno deles e depositou uma camada de teia no chão bem na frente de Gameknight999.

Ele recuou mais um passo ou dois e notou que ela estava conduzindo-o para uma estreita faixa de terra que se estendia sobre o penhasco como um dedo estreito apontando em direção ao templo. A faixa de terra tinha uns quatro blocos de largura e uns dez blocos de comprimento. Suas laterais caíam até o chão lá embaixo.

Quando ele chegou na estrutura estreita, a aranha rainha parou de atirar teias e se aproximou, forçando-o a recuar ainda mais. Ao pisar na apertada península, ela começou a quebrar os blocos atrás dela, destruindo o caminho deles de volta até o planalto... e a segurança.

— O que você está fazendo? — perguntou Gameknight. — Você veio aqui para lutar, ou para cavar?

— Você saberá na hora certa, Usuário-que-não-é-um-usuário — zombou ela, destruindo mais blocos.

Então, Gameknight entendeu o que ela estava fazendo. Ao remover o caminho de volta até o planalto, ela o estava prendendo numa armadilha onde ele não teria escapatória. Olhando ao longo da borda, viu que o rio estava longe demais para que pudesse saltar nele. Era fácil perceber que uma queda daquela altura seria letal... ele estava preso.

Quando terminou sua escavação, Shaikulud virou-se e encarou seu inimigo.

— Agora chegou a hora de seu fim — disse a aranha rainha.

— Mas eu pensei que o seu mestre é que quisesse me destruir — retrucou Gameknight, tentando ganhar tempo para pensar.

— Muitosssss dosssss meussss filhotessss tiveram de morrer por sua causa! — vociferou ela. — Eu ossss vi sofrer até elessss desaparecerem nosssss meussss braçossss. Eles morreram por culpa sua e daquelessss NPCssss imundossss lá em baixo, ao redor do templo. Vocêssss todossss serão destruídossss.

— Mas e seu mestre? — retrucou o Usuário-que-não-é-um-usuário, tentando ganhar tempo.

Gameknight tentou se esforçar para pensar e alcançou as peças do quebra-cabeça que deviam estar se amontoando ali dentro, mas não conseguiu ver nenhuma solução, nenhum truque inteligente. Sua única escolha era lutar contra aquele monstro e ganhar ou perder.

Shaikulud atacou.

Garras negras de aranha dilaceraram sua armadura de diamante, arrancando novos fragmentos do revestimento protetor. Ela foi muito rápida e Gameknight não teve tempo de se preparar. Trazendo suas espadas na frente do corpo, ele tentou golpear o monstro, mas não tinha espaço para se mexer. Shaikulud deu um passo na direção do Usuário-que-não-é-um-usuário e depois desviou o ataque ao solo, rasgando o bloco a seus pés fora do chão e abrindo um buraco que mostrou o solo lá embaixo. A rainha aranha arrastou-se para o lado e avançou novamente, desta vez afundando a garra na pele exposta da perna dele. A dor explodiu através de seus nervos e enviou ondas dolorosas por todo o seu corpo. Ele quis recuar um passo, mas sentiu a beira do penhasco com o pé; não havia para onde ir.

Algo que seus amigos Kuwagata498 e Impafra lhe ensinaram muito tempo atrás lhe veio à mente: *Se você não tiver espaço para recuar, você ataca.*

Ele, portanto, fez a única coisa que podia: atacou.

Dando um passo à frente, Gameknight girou a lâmina de diamante em um enorme arco de varredura, preparando a espada de ferro para o contra-ataque que certamente viria. Shaikulud defendeu-se da lâmina dele com suas garras negras, mas a espada de ferro já estava preparada para atacá-la e cortou sua carne. Shaikulud emitiu um clarão vermelho e soltou um guincho de dor. Sem deixar que ela se recuperasse, Gameknight atacou novamente, dessa vez com ambas as espadas. A rainha das aranhas evitou-as e saltou para a frente, afundando duas garras na carne do Usuário-que-não-é-um-usuário. Ao mesmo tempo, outra pata dilacerou a armadura do braço dele, soltando mais um trecho da placa.

A agonia explodiu em sua cabeça e sua visão ficou borrada um instante. Brandindo as lâminas na sua frente, ele teve dificuldade em levantar-se. A dor afluía pela sua perna como se esta estivesse pegando fogo. Mas, justamente quando sua visão se clareou, a rainha das aranhas atacou mais uma vez. Garras malignas e curvas destruíram sua armadura, arrancando-a fora enquanto Shaikulud caía em cima dele numa onda de golpes. Gameknight tentou manter as espadas diante do corpo, mas as garras dela pareciam estar em toda parte ao mesmo tempo. Uma delas encontrou sua pele exposta e ele berrou quando a dor se espalhou por todo o seu corpo.

— Não tenha medo, Usuário-que-não-é-um-usuário, o seu sofrimento esssstá quase no fim — disse Shaikulud, com ar de zombaria.

Gameknight encarou o monstro e, em seguida, virou-se e olhou para os defensores do templo. Percebeu que estavam perdendo; o número de aranhas era grande demais. De repente, viu um grupo de cavalaria avançar sobre a massa de aracnídeos, as espadas abrindo caminho por entre os monstros. Na frente ia Escavador... seguido logo atrás por Monet!

— Ahh.... Vejo que algunsssss de seusss NPCssss esssstão tentando fugir — disse Shaikulud, clicando as mandíbulas em antecipação à morte dele.

— Massss não importa. Tem outro exército gigantessssco de zumbissss a caminho daqui... Presentinho do Criador. Seusssss amigossss não irão longe.

Ela se aproximou um pouco mais e olhou para ele com aqueles terríveis olhos púrpura.

— Você causou grandessss problemassss em *Minecraft*, e muitossss monstrossss sofreram por sua causa.

— O que você está fazendo aqui é errado — retrucou Gameknight, tentando adiar o inevitável. — As aranhas podem conviver em paz com os NPCs.

— NÃO — disse ela. — Aranhassss e NPCssss são muito diferentessss. Não temossss nada em comum. Ossss NPCssss vivem naquelas caixassss de madeira ridículassss em vez de morar nassss cavernassss, onde é quente e seco. Elessss se alimentam de animaissss inocentessss, em vez de comer plantassss, como nóssss. Só têm duassss patassss e esssstão sempre a ponto de caírem. Não existe nada em comum entre nossssossss doisssss povossss.

— Existe sim — disse Gameknight, quando uma das peças do quebra-cabeça caiu no lugar certo. — Os dois povos se preocupam com os mais novos. Os NPCs valorizam as crianças, que são o mais importante para eles, assim como os filhotes são para vocês.

Gameknight viu que este pensamento percorreu a mente da aranha, e o ódio que cintilava em seus olhos púrpura esmaeceu um pouquinho.

— Nossos filhos e seus filhotes são o ponto em comum que nos une. E onde existe uma coisa em comum, haverá mais... Nós só precisamos querer encontrar as semelhanças.

Um som familiar e seco começou a se infiltrar do chão abaixo.

— Você usa suasssss palavrassss tão bem quanto usa suassss lâminassss — retrucou a rainha das aranhas. — Massss você só esssstá tentando evitar a sua morte. Não se pode confiar nossss NPCssss, e ossss usuáriossss como você são ainda pioressss. A raça das aranhassss já sofreu o basssstante nassss mãossss dos duassss-pernassss. Não me importa o que o Criador queira fazer com você: chegou a sua hora de morrer.

Aproximando-se ainda mais, Shaikulud apoiou-se nas duas patas de trás e estendeu seis garras na direção do Usuário-que-não-é-um-usuário. A rainha das aranhas enrijeceu cada músculo e se preparou para o ataque final. Gameknight olhou para a enorme criatura e encheu-se de medo. Sabia que estava derrotado e que seu corpo simplesmente começava a desistir. Mas, então, o som seco foi ficando cada vez mais alto. Virando a cabeça na direção do ruído, Gameknight viu Escavador construindo uma coluna de terra, dar um salto para cima e depois posicionar um bloco logo abaixo dele. Agarrada às suas costas estava a irmã dele, Monet113.

— Prepare-sssse para o seu fim — disse Shaikulud, com escárnio.

Gameknight levantou suas espadas, mas sabia que elas não seriam capazes de afastar este último ataque.

O corpo maciço de Shaikulud desceu lentamente sobre ele, movendo-se em câmera lenta enquanto sua mente assistia à cena se desenrolando como se fosse algum tipo de filme. As garras pontiagudas brilhavam à luz da lua, o brilho púrpura de seus olhos lançando um brilho lavanda sobre tudo. Então, de repente, uma seta riscou o ar e atingiu a rainha das aranhas na cabeça, fazendo com que ela perdesse o equilíbrio. Ela emitiu clarões sucessivos à medida que o ferimento foi consumindo o seu HP. Seu corpo gigantesco continuou a queda em direção a Gameknight999, mas em vez de parecer uma muralha peluda e negra, agora parecia mais um cobertor vermelho piscante. Shaikulud emitiu clarões cada vez mais rápidos enquanto caía, até que...

O corpo do monstro desapareceu pouco antes de aterrissar sobre Gameknight999, cobrindo-o de fios de seda e provavelmente uma centena de bolinhas de XP.

Shaikulud, a rainha das aranhas, estava morta.

CAPÍTULO 22
UMA ÚNICA FLECHA

O ruído de comemoração ecoou pelos arredores do templo. Gameknight virou a cabeça e olhou para os defensores NPCs. Todas as aranhas tinham parado de atacar e recuado um passo. Os monstros negros olharam para os NPCs e depois se entreolharam, confusos. Uma aranha virou-se e fugiu, depois outra e mais outra, até que o movimento se tornou uma avalanche de monstros batendo em retirada, seus corpos negros desaparecendo na selva.

O combate tinha terminado.

De repente, o som de vidro quebrando-se tomou conta dos ouvidos de Gameknight e ele se sentiu banhado por algum tipo de líquido. Olhou para trás, para sua irmã, e viu que ela estava segurando uma garrafa de algo roxo. Ela a atirou. A garrafa acertou o bloco onde ele estava deitado e quebrou-se, banhando-o em uma poção curativa que instantaneamente recarregou o HP dele. A dor desapareceu quando a poção mágica recarregou as forças de seu corpo. Ele se pôs de pé e olhou para sua irmã, sorrindo, com olhos cheios de gratidão.

— Que diferença poderia fazer uma flecha? — disse ela, com um sorriso. — Não foi isso o que você me falou?

Gameknight olhou para o chão, envergonhado por tê-la julgado mal, mas quando ela começou a rir, ele olhou para a irmã novamente.

Usando mais blocos de terra, Escavador cuidadosamente construiu uma ponte estreita para que ele e Monet pudessem ir até o planalto. Com sua espada, o NPC grandalhão destruiu os blocos de teia de aranha, abrindo um caminho para Gameknight. Foi até a borda do penhasco e colocou cuidadosamente blocos de terra para que Gameknight também pudesse sair do precipício e voltar à segurança.

Colocando-se de pé e testando as pernas recém-curadas, Gameknight999 cuidadosamente atravessou a estreita ponte de terra e foi para o lado de sua irmã. Abraçou seu pequeno corpo num aperto gigantesco.

— Você é incrível — disse ele a Monet, depois virou-se para olhar para Escavador: — Vocês dois.

Gameknight se aproximou e pousou a mão no ombro no NPC.

— Foi ideia dela — disse Escavador com uma voz grave.

— Eu vi vocês na Terra dos Sonhos e percebi que você precisava de ajuda —explicou ela.

— Bem, eu estou muito feliz por você ter ignorado minhas instruções e saído do templo — disse Gameknight. — Aquele foi um disparo e tanto.

Monet113 sorriu com orgulho.

Gameknight foi até a beirada do penhasco e olhou para o templo. Ele viu que muitos dos NPCs estavam abandonando as muralhas de defesa para ir atrás das aranhas, mas nenhuma das criaturas de oito patas parava para lutar. Todas pareciam decididas a sair dali o mais rápido possível, e cada monstro corria numa direção diferente. A maioria dos NPCs as seguiu até a orla da clareira e depois pararam, pois ninguém queria se arriscar a correr os perigos da selva à noite.

Gameknight olhou para o templo e viu uma figura solitária emergir da entrada escura: o Oráculo. Ela descia lentamente os degraus, apoiada em sua bengala. Ficou parada diante da estrutura antiga, seu cabelo grisalho destacando-se contra o fundo sombrio. Olhando para o alto do enorme penhasco, ela deu um sorriso para Gameknight999, inclinando-se em sua bengala e acenando. Gameknight estava prestes a acenar de volta quando de repente outra presença materializou-se na frente dela. Parecia um NPC, mas havia algo de estranho em seu rosto, como se possuísse algo escondido por trás daqueles olhos escuros. Eles emitiam um brilho intenso e sinistro.

Herobrine tinha finalmente chegado.

— Até que enfim você deixou a segurança do seu templo, velha — disse Herobrine ao Oráculo. Suas palavras atravessaram a clareira e chegaram até o planalto.

Ele desapareceu e reapareceu atrás do Oráculo, colocando-se entre a velha e a entrada do Templo e bloqueando qualquer chance de ela tornar a entrar na construção de pedregulho.

— Eu estava mesmo me perguntando quando você iria aparecer — retrucou o Oráculo, com um sorriso de escárnio, virando-se para encará-lo. — Estava na cara que você está por trás desta guerra.

Herobrine sorriu.

— Muitos NPCs e aranhas morreram hoje por sua causa — disse ela.

O sorriso de Herobrine aumentou ainda mais e seus olhos emitiram um brilho branco intenso.

— Mas, como pode ver, a sua tentativa de destruir essas pessoas fracassou — prosseguiu o Oráculo. — O Usuário-que-não-é-um-usuário impediu a carnificina e derrotou seus planos. Ele conteve a matança e nos trouxe de novo a paz.

— Você está enganada — vociferou Herobrine.

— Ah, é?

— Sim — respondeu ele. — A matança ainda não terminou.

Gameknight viu Herobrine sacar a sua espada de diamante e brandi-la na direção do Oráculo. Ela levantou a bengala e conseguiu por pouco bloquear o ataque, mas obviamente ela não tinha habilidade suficiente para enfrentar aquele monstro num combate mortal.

— Nããão! — berrou Gameknight.

Ele correu até a beira do penhasco, de onde viu o chão lá embaixo, a uma enorme altura. Nenhuma quantidade de HP seria capaz de suportar aquela queda, mas ele sabia que não tinha escolha. Olhou de relance por cima do ombro para a irmã, pelo que ele pensou que seria a última vez em sua vida, e em seguida saltou do penhasco, ouvindo os gritos de Monet ecoarem em seus ouvidos enquanto ele caía.

Em meio à queda, Gameknight não tirou os olhos dos de sua irmã. Ela estava com uma expressão de pavor assistindo-o cair. Gameknight, no entanto, sorria e exibia um olhar de orgulho pela irmã. O ato impulsivo dela, de *faça agora e pense depois*, tinha provavelmente salvado a vida dele. E naquele momento, enquanto ele caía até o planalto e desaparecia de vista, ele nunca se sentiu tão perto de sua irmã, Jenny.

Ele então olhou para o chão e viu-o se aproximando. Buscou em seu inventário e se preparou para o impacto. Gameknight999 sabia que, se cronometrasse errado, não teria nenhuma chance de sobreviver. Ele precisava acertar... senão, morreria.

O vento passou zunindo por suas orelhas enquanto ele caía, rugindo como um tornado. Ele sabia que esta queda só demoraria alguns segundos, mas as coisas pareciam mover-se em câmera lenta enquanto seu cérebro absorvia aquela cena aterrorizante.

Se o rio estivesse mais perto, Gameknight poderia ter saltado nele e sobrevivido facilmente à queda, mas ele ficava a mais dez blocos de distância... ah, deixa para lá. A segurança das águas azuis estava fora de seu alcance.

Lá vem, pensou, enquanto o medo e o pânico começavam a preencher sua mente.

Alcançando o inventário, ele se preparou para o impacto. Envolveu os dedos ao redor do cubo peludo e se preparou.

Lá vamos nós... quase lá... e... AGORA!

Retirou o cubo de teia de aranha e o colocou no chão pouco antes de bater. Assim que seus pés tocaram na teia, seu corpo instantaneamente desacelerou e começou a afundar-se nos filamentos pegajosos. Gameknight esperou até se assentar no chão, depois sacou a espada e cortou os fios finíssimos. Com dois golpes, a teia de aranha desapareceu e suas pernas foram libertadas.

Ele tinha sobrevivido.

Olhou para o topo do penhasco e viu Escavador e Monet olhando para ele, um sorriso gradualmente substituindo o olhar de choque em seus rostos. Deu-lhes um sorriso satisfeito e acenou para eles, em seguida virou-se de frente para o templo. Herobrine estava brandindo sua espada, tentando atingir Oráculo. Ela agitava sua bengala aqui e ali para impedir os ataques, mas mal conseguia contê-los. Gameknight percebeu que a velha não era páreo para Herobrine, e que o vil artífice de sombras estava apenas brincando com sua presa.

Porém, enquanto observava a batalha, ele lembrou-se de como tinha sido lutar contra esse monstro na frente da vila de Artífice e o medo começou a se infiltrar em seu corpo. Ele relembrou aquele terrível encontro.

Será que consigo enfrentá-lo novamente?, pensou. *Sou bom o bastante para fazer frente a ele?*

O medo lentamente se transformou em pânico enquanto ele assistia à luta que se desenrolava à sua frente. A incerteza espalhou-se pelo seu corpo como um vírus. Por um breve momento, Gameknight999 pensou em sair correndo dali, mas sabia que se fugisse, podendo ter ajudado alguém em necessidade, mas optando por agir com covardia em vez disso... Sabia que aquela decisão iria assombrá-lo para o resto da vida.

Não, fugir não era uma opção. Assim, com o terror enchendo cada fibra do seu ser, ele segurou com firmeza o punho da espada de diamante e correu na direção do seu inimigo, Herobrine.

CAPÍTULO 23
HEROBRINE

Herobrine não tinha notado a presença de Gameknight ainda. Ele continuava tentando acertar o Oráculo, fazendo-a recuar a cada ataque. A bengala da velha conseguia abater a maior parte dos golpes, mas alguns deles atingiam seu alvo. Sempre que a lâmina de diamante acertava sua carne, ela piscava em vermelho e Gameknight podia ver sua careta de esforço, seu rosto que era uma imagem de dor e medo.

Outro golpe a acertou: a lâmina de Herobrine cortou seu ombro. O Oráculo gritou de dor enquanto Gameknight atravessava o rio a nado e saía correndo em direção aos dois.

— Seu tempo está chegando ao fim, Oráculo — berrou Herobrine, os olhos faiscando com um brilho intensíssimo. — Tudo que eu precisava é que aquele tolo, Gamenight999, a atraísse para fora do seu templo covarde. — Ele inclinou-se para a velha e gargalhou. — Chegou a hora de você ser deletada.

Gameknight viu o Oráculo olhar para seu inimigo com um olhar de resignação: ela sabia que ela estava prestes a perecer. Correndo a toda velocidade, o Usuário-que-não-é-um-usuário tentou chegar até ela, mas ele não tinha certeza se conseguiria fazê-lo em tempo. Enquanto corria, Herobrine lentamente levantou a espada e preparou-se para desferir o golpe mortal. Então girou a lâmina para atingir o Oráculo.

Porém, quando a espada estava a apenas um fio de cabelo da NPC idosa, Gameknight chocou-se contra o Oráculo e lançou-a para o lado, erguendo a sua própria arma bem a tempo de aparar a do inimigo. A espada de Herobrine chocou-se contra a lâmina de Gameknight com a força de um soco de aço de um golem de ferro. O braço dele quase ficou dormente quando absorveu o golpe, mas ele sustentou sua força para fazer frente àquele violento ataque. Gameknight olhou para o adversário e viu um olhar de surpresa no rosto de Herobrine, cujos olhos se escureceram. Girando, o Usuário-que-não-é-um-usuário fingiu que o golpearia com sua espada, mas então deu um chute no estômago de Herobrine, que conseguiu afastá-lo alguns passos.

Fuzilando o Usuário-que-não-é-um-usuário com o olhar, Herobrine soltou um grito sanguinário de frustração que ecoou por toda a parte, fazendo com que a própria trama de *Minecraft* se encolhesse de medo.

Gameknght999 sorriu.

— Você me interrompeu! — urrou Herobrine. — Eu estava esperando há um século para destruir essa velha bruxa... E VOCÊ ME INTERROMPEU!

Gameknight sorriu novamente.

— Mas que peninha... uma tristeza — zombou o Usuário-que-não-é-um-usuário.

Herobrine recuou e olhou para Gameknight999, seus olhos cheios de ódio ardendo como dois sóis intensos.

— Essa é a última vez em que você interfere nos meus planos — rosnou ele.

Gameknight estava prestes a dizer algo sarcástico ao adversário, mas naquele momento Herobrine atacou. Sua espada de diamante maligna mais parecia um relâmpago azul quando se lançou na direção da cabeça de Gameknight. O Usuário-que-não-é-um--usuário levantou sua própria espada quase no último segundo e desviou o golpe. Girando para o lado, Gameknight tentou atingir Herobrine, esperando pegá-lo de surpresa... mas ele não estava mais lá.

A dor explodiu de repente na lateral de seu corpo quando a espada do adversário atingiu sua carne.

— Ha, ha, ha! — gargalhou seu inimigo. — Quando será que você vai aprender, Usuário-que-não-é-um--usuário, que eu não posso ser derrotado? Eu posso desaparecer, e em seguida aparecer logo atrás de você num piscar de olhos. Posso atacar dois lugares ao mesmo tempo, e você não pode me impedir.

Ele soltou uma risada maníaca e maligna, que formou quadradinhos de calafrio nos braços e no pescoço de Gameknight.

— Use a arma! — gritou uma voz lá da orla da selva.

Olhando nessa direção, ele viu o cabelo vermelho de Caçadora destacado contra o verde escuro da folhagem.

Não, não parece certo, pensou consigo mesmo. *Eu tenho de usá-la no momento certo... Mas como vou saber? E se eu a usar errado?*

— Hoje, ou você toma o Portal de Luz e volta ao mundo físico para salvar a sua miserável vida... ou você morre!

Herobrine desapareceu, depois materializou-se com sua espada golpeando Gameknight. Justamente no momento em que o Usuário-que-não-é-um-usuário levantou a lâmina, Herobrine teleportou-se para o outro lado, destroçando a sua armadura. Outro pedaço de diamante caiu no chão, permitindo mais uma vez que a arma do inimigo encontrasse sua carne.

O Usuário-que-não-é-um-usuário emitiu um clarão vermelho.

Gameknight tentou ignorar a dor enquanto gritava e tentava acertar Herobrine... mas novamente ele reapareceu em outro lugar. Recuando, o Usuário-que-não-é-um-usuário rosnou de frustração e o medo começou a preencher sua mente.

Como posso derrotá-lo?, pensou. Ele então tentou contatar seu amigo através da música de *Minecraft*. *Shawny... você está aí?*

Ã-hã, veio a resposta; o texto de Shawny preencheu sua mente.

E o digi..., pensou Gameknight para seu amigo, mas foi interrompido.

Ainda está soltando fumaça, disse Shawny. *Acho que encontrei os componentes que fritaram, mas estou tendo dificuldade para encontrar as peças de substituição corretas!*

Gameknight suspirou.

Eu odeio isso!, pensou consigo mesmo. *Eu não quero ser o Usuário-que- não-é-um-usuário, eu só quero ser uma criança. Esta responsabilidade é demais.*

Os ombros de Gameknight caíram um pouco quando o sentimento de derrota começou a engolir sua alma. E então aquela estranha voz mística encheu sua mente novamente.

Você só pode conquistar aquilo que é capaz de imaginar, disse ela. *Deixe de lado a sua incerteza e aceite quem você é e o que pode fazer. O medo é uma máscara que esconde o possível de seus olhos. Seja o Usuário-que-não-é-um-usuário!*

Aquelas palavras tentaram se sobrepor ao medo dele, mas não conseguiram... pois ele estava apavorado. Recuou um passo e olhou para Herobrine, mas sabia que o medo estava estampado em seu rosto.

— Estou vendo que você está pensando em usar o Portal... não tenha pressa e pense bem no assunto — disse Herobrine. — Quando você estiver prestes a dar o seu último suspiro, eu sei que vai tentar escapar de sua morte... é inevitável.

Ele então dirigiu a Gameknight999 um estranho sorriso cheio de dentes.

Eu odeio isso!, pensou o Usuário-que-não-é-um--usuário. *Eu odeio ter medo dele.*

Porém, Gameknight pensou naquelas palavras. Com toda a sua força mental, ele imaginou como seria não ter medo, depois imaginou que ele poderia arcar com esta responsabilidade. Ele fez um grande esforço e fez aquelas imagens atravessarem a máscara do seu medo e entrarem em sua mente... e aquilo começou, de alguma maneira, a parecer... real.

Empertigando-se, o Usuário-que-não-é-um-usuário olhou para Herobrine. Um grunhido gutural semelhante ao de um animal cresceu na garganta de Gameknight e ecoou através da paisagem.

Eu não vou ter medo!, pensou. *Eu consigo fazer isso... Eu ESCOLHO não ter medo.*

Olhando para a paisagem, ele percebeu que todos os olhares estavam cravados nele, e que sua irmã e Escavador o observavam do alto do penhasco íngreme.

— CHEGA! — gritou Gameknight, dando um passo à frente, enquanto o pensamento dele vencendo o próprio medo brilhava em sua mente.

Herobrine sorriu, mas o sorriso pareceu um pouco forçado, e o brilho de seus olhos diminuiu muito de leve.

— CHEGA! — disse o Usuário-que-não-é-um-usuário novamente, colocando a espada à sua frente.

Herobrine olhou carrancudo para seu inimigo, e o sorriso começou a desaparecer.

— CHEGA! Eu não vou mais sentir medo de você! — berrou Gameknight. Estava visualizando totalmente a si mesmo superando seu medo e enfrentando aquele monstro. Era possível, ele sabia que era.

E então Gameknight999, o Usuário-que-não-é-um--usuário, avançou para cima de Herobrine.

CAPÍTULO 24

GAMEKNIGHT999 CONTRA-ATACA

A espada de Gameknight avançou em direção a Herobrine, cortando o ar tão rapidamente que a lâmina afiada como navalha assobiava sutilmente. As espadas de diamantes chocaram-se com tal ferocidade que soltaram faíscas, fazendo com que pedacinhos de diamante caíssem como uma chuva sobre os dois combatentes. Como Gameknight esperava, Herobrine desapareceu e depois reapareceu atrás dele, mas desta vez ele estava pronto. Sacou a espada de ferro e a ergueu por trás do ombro, para proteger suas costas. Outro ruído intenso, quando a lâmina de diamante de Herobrine chocou-se com a lâmina de ferro de Gameknight.

Girando o corpo, Gameknight atacou com as duas espadas ao mesmo tempo, golpeando alto e baixo simultaneamente. Herobrine movia-se com a velocidade de um relâmpago, disparando para um lado, depois para o outro, mas sempre se defrontando com uma das espadas de Gameknight. A batalha se desenrolava — primeiro Herobrine no ataque, então Gameknight. Eles dançaram ao longo de toda a paisagem, tentando pegar o adversário desprevenido, mas era uma luta de igual para igual... exceto por uma coisa.

Gameknight estava ficando cansado.

Herobrine atacou mais uma vez e então outra, sua espada de diamante cortando o ar de todos os lados. Gameknight estava bloqueando os ataques, mas por um triz.

UUUSH! A dor explodiu no braço do Usuário-que-não-é-um-usuário.

Ele bloqueou outro ataque e girou o corpo para atacar Herobrine, mas o monstro era muito rápido.

RASG! Suas costas explodiram em agonia.

Rolando para o lado, Gameknight movimentou suas espadas em círculo, pronto para o próximo ataque, mas estava começando a ficar mais lento, e a fadiga fazia os braços e as pernas se sentirem pesados.

CRASH! Outro pedaço de armadura caiu no chão.

Gameknight saltou para trás e em seguida avançou sobre seu adversário malévolo. Ele se recusou a recuar.

SUUSSH! A lâmina de Herobrine fez com que a lateral do corpo de Gameknight se iluminasse.

Estou perdendo, pensou, e a imagem da vitória contra Herobrine lentamente foi desaparecendo de sua mente, sendo substituída pelo medo. *Ele é muito rápido... Eu não vou conseguir.*

Herobrine atacou novamente, avançando diretamente sobre o inimigo. Sua espada de diamante arremeteu na direção exata da cabeça de Gameknight, que estava protegida por um elmo. O Usuário-que-não-é-um-usuário bloqueou o ataque, mas de repente caiu no chão graças a um chute violento no estômago. Enquanto caía para trás, olhou de relance para Monet113. Ele ouviu sua irmã gritando "nãoooo" enquanto ele batia no chão.

E então Herobrine já estava em cima dele, um pé sobre seu braço direito, o outro no esquerdo. O monstro olhou para Gameknight com seus olhos brilhantes repletos de ódio e um malicioso sorriso satisfeito no rosto quadrado.

O Usuário-que-não-é-um-usuário estava imobilizado.

— Use a arma! — gritou Caçadora.

Mas ele não podia: suas mãos estavam presas ao chão, incapazes de alcançar o inventário. Gameknight sentia os olhos brilhantes de Herobrine encarando-o, mas recusou-se a olhá-lo de volta. Em vez disso, fitou o planalto. Sua irmã olhava fixo para ele, com uma expressão de terror estampada no rosto quadrado. Encarando novamente o inimigo, Gameknight viu Herobrine virar o rosto em direção ao planalto e em seguida tornar a olhar para o adversário caído.

— Ahh... Vejo que existe outra igual a você — disse Herobrine, com um tom repleto de alegria venenosa. — Isso muda tudo. Se você se recusar a tomar o Portal de Luz, então eu vou dispensá-lo e usar a garota. Tenho certeza de que ela será mais fácil de subjugar do que você.

Herobrine inclinou-se um pouco para baixo e olhou bem fundo nos olhos de Gameknight.

— Escolha: o Portal ou a morte!

Gameknight olhou para seu inimigo, mas fez que não.

Mesmo que eu pudesse usar o digitalizador para voltar para casa, eu não faria isso, pensou ele.

Herobrine suspirou.

— Como quiser — disse. — Diga adeus, Usuário--que-não-é-um-usuário.

E, enquanto Gameknight999 via Herobrine levantar a espada de diamante e preparar-se para o golpe final, pensou ouvir algo parecido com um trovão a distância. Era um tipo estranho de trovão, como se uma tempestade resmunguenta estivesse chegando de muito longe. E, quando a espada de Herobrine começou a descer, movendo-se em câmera lenta, Gameknight999 fechou os olhos e esperou o fim.

CAPÍTULO 25
O RIBOMBAR DO TROVÃO

De repente, o som retumbante se transformou em um furacão uivante. Gameknight olhou para a entrada do templo e viu o que devia ser uma centena de lobos correndo bem na sua direção, com Pastor na liderança do grupo peludo.

Herobrine parou o ataque quando ouviu aquele som. Gameknight o viu olhar para a sua vítima indefesa e depois novamente para os animais que o atacavam.

— Numa próxima vez, Usuário-que-não-é-um-usuário — disse o vil artífice de sombras e, em seguida, desapareceu, no exato momento em que a onda de mandíbulas voou por cima de Gameknight999.

Patas macias e acolchoadas correram sobre seu corpo quando os lobos se puseram a perseguir Herobrine, seus rosnados tomando conta do espaço. Um par de mãos magras se abaixou, segurou Gameknight pelo braço e, em seguida, levantou-o. Gameknight viu Pastor olhando para ele com uma expressão preocupada.

— Você está bem? — perguntou.

— Sim, graças a você e seus amigos — respondeu Gameknight.

A onda gigantesca de lobos continuou a sair do templo, fluindo ao redor Gameknight e Pastor como se eles fossem um rochedo enorme no meio de um rio. Os lobos disparavam em todas as direções, procurando sua presa: Herobrine. Eles atravessaram a paisagem com uma velocidade incrível, seus brancos corpos peludos passando pelos NPCs sem hesitar ao entrarem na selva.

Na distância, Gameknight viu Herobrine materializar-se no topo de uma árvore alta, com os olhos brilhando intensamente. Ele apontou para o Usuário-que-não-é-um-usuário com sua espada diamante e, depois, também apontou para Monet113.

— Nós nos encontraremos de novo — gritou Herobrine, mas mal dava para ouvir sua voz por sobre o rosnado dos lobos. Os animais instantaneamente viraram-se e foram em direção à árvore, seus olhos emitindo um brilho vermelho intenso. — Mas da próxima vez as coisas serão diferentes. Não vou mais subestimá-lo, Gameknight999. Quando nos encontrarmos novamente, vou destruí-lo e, depois, forçar sua amiguinha a tomar o Portal de Luz. Minha fuga desta prisão vai acontecer, com ou sem a sua ajuda.

Então ele desapareceu, e seus olhos cintilantes repletos de ódio foram a última coisa a sumir de vista.

Com sua presa desaparecida, os lobos voltaram para o templo, fluindo em torno da entrada por um momento e depois obedientemente sentaram-se no chão ao lado do Oráculo. Os NPCs também foram até a entrada do templo, com as armas ainda nas mãos. Gameknight viu que alguns aldeões estavam construindo uma piscina no sopé do penhasco e em seguida avistou Escavador e Monet saltarem do planalto e aterrissarem no amortecimento daquela lagoa artificial.

— Por que você não usou a arma? — perguntou Caçadora quando se aproximou, segurando seu arco encantado cintilante.

Gameknight sacudiu a cabeça.

— Não parecia o momento certo — respondeu ele.

— Quer dizer que quando ele te jogou no chão e estava prestes a te matar... não parecia ser o momento certo? — perguntou ela.

Ele balançou a cabeça novamente.

— Não, não era o momento certo — respondeu Gameknight.

— Você é um usuário bastante paciente — disse Artífice, indo para o lado de seu amigo. — Eu pensei que Herobrine iria matá-lo.

— Eu também.

— Apesar disso você não usou a arma — disse Artífice.

Gameknight virou-se e olhou para o Oráculo, que estava parada junto à entrada do templo.

— Ela falou que eu saberia quando fosse o momento certo — disse Gameknight. — Bem, eu não tinha certeza, então percebi que não era o momento certo.

O Oráculo assentiu com sua cabeça quadrada, os cabelos grisalhos movendo-se para trás e para a frente como uma onda prateada.

— O Usuário-que-não-é-um-usuário é sábio — disse ela, com voz rouca.

— E agora? — perguntou Costureira quando ela se aproximou, seus olhos fitando a selva escura com desconfiança.

De repente, um par de braços envolveram Gameknight quando Monet caiu com tudo em cima dele, rindo com alegria e ao mesmo tempo chorando de alívio. Gameknight correspondeu ao abraço por um longo momento, então a soltou.

Ela olhou para o irmão, depois deu-lhe um soco no braço.

— Você me assustou quando saltou do penhasco — repreendeu ela. — O que estava pensando, hein?

— Bem, eu tive que descer até aqui para proteger o Oráculo — respondeu Gameknight. — Essa era a única maneira de chegar até ela depressa.

— De onde você tirou aquele bloco de teia de aranha? — perguntou Artífice.

Gameknight vasculhou o inventário e retirou a picareta encantada.

— Apanhei isso no baú lá do templo — explicou o Usuário-que-não-é-um-usuário. — Devia ter o encantamento *Toque Suave*.

Ele se virou e olhou para o Oráculo. Ela sorriu e assentiu.

— Como você sabia que eu precisaria disso? — perguntou Gameknight, mas a NPC idosa apenas deu de ombros.

— É meu dever saber o que é necessário — respondeu ela.

— Bem, você poderia ter avisado que ele acabaria combatendo a rainha das aranhas e que precisaria de um pouco de teia de aranha — disse Caçadora, com um tom um pouco frustrado.

— Informação em demasia faria com que o Usuário-que-não-é-um-usuário tomasse decisões diferentes — declarou o Oráculo. — Eu não posso ver o que *vai* acontecer, eu só posso ver o que *poderá* acontecer.

— Você fala em enigmas — disse Caçadora, irritada. — Por que simplesmente não nos diz o que fazer?

— Como quiser, Caçadora. Vocês devem decidir o que fazer, pois há um enorme exército de zumbis a caminho daqui enquanto conversamos.

Todos os NPCs se entreolharam nervosamente, depois viraram-se e olharam para a selva. Muitos sacaram suas armas.

— Fiquem tranquilos por enquanto — prosseguiu o Oráculo. — O sol nascerá antes de eles chegarem aqui. Vocês talvez fiquem a salvo, porém muitos zumbis aprenderam que usar um chapéu os protege do sol. Os zumbis virão equipados para lutar durante o dia. Seria importante decidir qual será o passo seguinte o mais rapidamente possível.

Gameknight olhou para Artífice e depois para os NPCs em torno dele. Viu itens espalhados por toda a paisagem: armaduras, armas e outros itens, flutuando sobre o chão. Muitos tiveram de morrer naquele dia para proteger *Minecraft*. Eles não podiam enfrentar outra batalha agora.

— Precisamos sair daqui, de alguma forma — disse Gameknight.

Artífice assentiu.

— Mas como? — perguntou Escavador. — As colinas extremas circundam esse lugar. Não dá para escalá-las. A única saída é voltar pela selva.

— Onde o exército de zumbis provavelmente estará à nossa espera — acrescentou Costureira.

Gameknight olhou para a selva, perdido em pensamentos. Ele estava esperando que as peças do quebra-cabeça aparecessem em sua mente, mas não havia nada ali... Só silêncio. Em seguida, porém, uma voz ecoou dentro de seu cérebro, uma voz familiar: Shawny.

Olhe atrás do templo, disse seu amigo.

— O quê? — perguntou Gameknight em voz alta.

Os NPCs o encararam como se estivesse maluco.

Olhe atrás do templo, disse Shawny. *O que você não entendeu? Às vezes, acho que você é tão tapado e...*

Deixa pra lá!, respondeu ele, irritado.

— Alguém vá olhar atrás do templo — ordenou Gameknight.

Dois aldeões correram para trás da antiga construção e então retornaram dali a poucos segundos.

— Há um monte de baús lá atrás — disse Lenhador, sua túnica vermelha destacando-se contra a pedra cinzenta do templo. — Eles estão cheios de barcos... centenas deles.

— Barcos? — perguntou Caçadora. — Como é que vamos lutar contra um exército de zumbis com barcos?

— Nós não vamos — respondeu Gameknight. — Vamos fugir. Isso tudo é parte do plano de Herobrine. Ele acha que estamos presos aqui e está esperando que os zumbis destruam a maioria de nós, e que provavelmente destruam também os lobos, para que assim ele possa retornar. Bem, nós não vamos jogar o jogo dele. Vamos desaparecer novamente e então enfrentá-lo no lugar de nossa escolha. — Gameknight em seguida pousou uma mão sobre o ombro de Caçadora. — A batalha por *Minecraft* ainda não acabou... Ela está apenas começando.

— O Usuário-que-não-é-um-usuário está ficando cada vez mais sábio — disse o Oráculo, a voz cheia de sabedoria e idade.

— Depressa, precisamos desmontar as nossas fortificações e então entrar nos barcos — ordenou Gameknight999.

— Mas para onde iremos? — alguém perguntou.

— Para bem longe daqui — disse Monet.

Gameknight assentiu e em seguida sacou sua picareta e começou a desmontar as fortificações de defesa que tinham construído, enquanto o resto dos NPCs começava a juntar-se a ele.

Monet foi até o seu lado e falou com uma voz baixa:

— Tommy, você sabe o que está fazendo?

Ele fez cara feia para a irmã.

— Desculpa... Gameknight999, você sabe o que está fazendo, para onde temos que ir?

— Não — sussurrou ele —, mas qualquer lugar é melhor do que ficar aqui.

— Você tem um plano?

O único plano que ele tinha formulado era fugir. Ele pensou que poderiam atravessar o oceano e chegar a uma nova terra. Mas, de repente, as peças do quebra-cabeça começaram a se amontoar em sua mente, e uma delas se encaixou.

Uma aldeia... é claro, pensou ele.

Então, as outras peças começaram a se encaixar também e o plano lentamente se formou em sua cabeça.

Carrinhos de mineração... e armadilhas.... grandes armadilhas.

E, à medida que o restante das peças iam se encaixando em sua mente, Gameknight sorriu.

CAPÍTULO 26
AO MAR

Os barcos lentamente moviam-se pelo oceano, primeiro em pares, depois em grandes grupos. Cada um deles levava um único NPC, pois era tudo o que cabia em cada barco: uma pessoa. Gameknight estava na praia assistindo aos barcos afastarem-se a distância, seguindo viagem para o oeste.

— Venha — disse Costureira para Gameknight.

— Só depois que todo mundo estiver dentro de um barco — respondeu ele. — Eu não vou deixar ninguém para trás.

Ela encolheu os ombros e, em seguida, saltou para uma das pequenas embarcações de madeira. Seu barco afastou-se da praia e se moveu lentamente pelas águas, rumo ao mar aberto.

Nesse momento, Ferreiro chegou ali carregando Pastor sobre seus ombros.

— Eu não posso deixá-los para trás — protestou o menino franzino, agitando braços e pernas. — Eles são meus amigos.

— Você sabe que eles não podem entrar nos barcos — retrucou Ferreiro. — E se você ficar aqui, o exército de zumbis vai acabar com você. A única saída é você partir com todo mundo; aí os animais vão voltar para a selva e viver suas vidas em segurança.

— Mas...

Ferreiro ignorou as queixas do garoto e o derrubou dentro de um barco, depois deu-lhe um empurrão para que se afastasse da costa.

— Meus amigos... meus amigos — chorou Pastor, mas continuou rumando para o oeste.

Em seguida, Ferreiro virou-se para Gameknight.

— Obrigado — disse o Usuário-que-não-é-um--usuário para o NPC grandalhão. — Eu sei que não foi muito fácil.

— Tsc... ele é leve — disse Ferreiro, enquanto saltava para dentro de um barco. — Vejo você do outro lado do oceano.

Empurrando o barco, o ferreiro dirigiu-se para o oeste, seguindo os outros NPCs.

— Este é um bom plano — disse uma voz ao seu lado. — Você sabe, atravessar um oceano desconhecido até chegar a uma terra desconhecida... Realmente uma ótima ideia.

Virando-se, Gameknight encontrou Caçadora ao seu lado, o cabelo vermelho quase brilhando à luz do sol nascente. Um gemido escapou da selva atrás deles. Instintivamente, ela sacou seu arco e preparou uma flecha. Gameknight viu um olhar familiar em seu rosto: o desejo de punir os monstros pelo que tinham feito à sua família. Isso ainda o preocupava... O fato de ela não aceitar que a violência não era a única resposta. Será que um dia ela ficaria em paz?

— Você precisa entrar em um barco — disse Gameknight, pousando a mão suavemente no arco dela e apontando-o para o chão. — Nós não podemos ficar aqui e lutar.

— Mas são apenas algumas centenas de zumbis — protestou ela. — Eu poderia ir até lá me divertir um pouco, e depois alcançar vocês.

— Você sabe que, se nos separarmos lá no oceano, nós nunca mais vamos nos encontrar. Além disso, o tempo da luta acabou... é hora de fugir e salvar as vidas dos que estão ao nosso redor. Lutar não é sempre a resposta.

— Com monstros, é — insistiu Caçadora. — Eles são muito diferentes de nós. Os zumbis em suas estranhas Vilas Zumbis, as aranhas com aqueles fios roxos bizarros que as une... eles são estranhos, e nós nunca faremos paz com eles. Todos os monstros devem ser exterminados e pronto.

— Caçadora, você sabe que não é verdade — disse outra voz atrás deles.

Monet113 aproximou-se e ficou entre seu irmão e Caçadora.

— Nós não *precisamos* matar os zumbis — disse Monet. — Só precisamos entendê-los... e eles precisam nos entender. Então, poderemos ter paz.

— Compreender zumbis? Ha! Seria mais fácil pedir para um porco voar — retrucou Caçadora. — Isso nunca vai acontecer... Não temos nada em comum, nada que não seja o desejo de destruir uns aos outros.

Outro gemido veio da selva densa, fazendo Caçadora erguer seu arco novamente.

— Caçadora, entre em um barco. Não vamos ficar e não vamos esperar por você — disse Gameknight999.

— Isso tudo é parte dos planos de Herobrine. Nós não vamos deixar que ele decida onde a próxima batalha será travada... Agora vá!

Monet segurou Caçadora pela mão e levou-a até a praia, depois delicadamente a empurrou para dentro de um barco. Enquanto Caçadora olhava feio por cima do ombro, seu barco começou a afastar-se para o oeste, seguindo os demais. Quando Monet teve certeza de que a NPC não iria dar meia-volta, ela voltou até onde estava Gameknight.

— Sabe — disse Gameknight para a irmã. — Fiquei orgulhoso de verdade do que você fez durante a batalha.

— Eu não fiz nada de especial — disse ela.

— Fez, sim! — falou ele. — Você me mostrou como interromper o controle da rainha das aranhas sobre as outras aranhas. E ignorou minhas instruções no momento certo e saiu para me salvar com sua única flecha.

Monet113 sorriu, e um tom rosado surgiu em suas bochechas.

— Se não fosse por você, teríamos provavelmente perdido essa batalha — disse Gameknight. — Você viu o que precisava ser feito e fez. Enquanto eu tenho que sempre calcular o que vai acontecer e planejar imprevistos e planos B, você consegue simplesmente agir e pronto. — Ele passou o braço em volta dos ombros cúbicos de sua irmã. — Eu invejo de verdade que você saiba fazer isso.

— Sério?

Ele fez que sim.

— Apesar de sua impulsividade também botar você em um monte de encrencas — acrescentou Gameknight. — E parecer que eu sou o único que consegue tirá-la delas.

— Como aqui, em *Minecraft*?

O Usuário-que-não-é-um-usuário assentiu.

Monet passou um braço em torno de seu irmão e apertou-o de leve.

— Você acha que não consegue simplesmente agir sem planejar — disse ela —, mas quando descobriu que a aranha rainha era a chave, simplesmente saiu correndo e a atacou... como um maluco.

— Sim... mas...

— E quando você viu que o Oráculo estava correndo perigo, foi para cima de Herobrine sem pensar duas vezes — continuou Monet. — Isso também não foi a coisa mais segura do mundo a se fazer.

— Bem... — Ele pensou em seus dois amigos, Impafra e Kuwagata498. — Quando você não tem escolha e não pode recuar, você ataca.

— Você sempre faz isso, inventa desculpas para seus atos de bravura. Esta comunidade de NPCs irá segui-lo até o fim do mundo, se necessário, porque eles têm fé em você, assim como eu. — Em seguida, ela apontou com o braço estendido para todos os barcos que se afastavam mar adentro. — Olha o que você fez aqui. Você fez todo mundo escapar das garras da derrota e da armadilha de Herobrine. Os zumbis vão sair daquela selva ao pôr do sol e descobrir que todo mundo foi embora. Você é um herói!

— Bem... eu não sei... Quer dizer, eu ainda tenho que descobrir como usar isso aqui...

— Você vai descobrir como se usa essa tal de arma, eu sei, então não se preocupe. E então Herobrine vai se arrepender de um dia ter se metido com o Usuário-que-não-é-um-usuário. — Monet fez uma pausa e então olhou para ele. — Estou feliz por você ser meu irmão mais velho.

E antes que ele pudesse dizer qualquer coisa, ela pulou para dentro de um barco e começou a se afastar pelo oceano, deixando Gameknight sozinho na praia. Ele olhou ao redor e percebeu que todos os outros aldeões já haviam partido, e, pela primeira vez em muito tempo, sentiu orgulho de si mesmo.

Talvez, no fim das contas, eu saiba como lidar com esta responsabilidade... ser o Usuário-que-não-é-um-usuário, pensou ele. *Eu só posso ser o herói que estes NPCs precisam se eu me imaginar nesse papel. E acho que agora eu consigo me enxergar sendo essa pessoa.*

— O Usuário-que-não-é-um-usuário está começando a entender — disse uma voz rouca às suas costas.

Gameknight virou-se e viu o Oráculo caminhando em sua direção. A velha caminhava de maneira dolorosamente lenta pelo meio da selva, usando a bengala de madeira para ajudá-la a andar. A bengala soltava um ruído sempre que topava com um bloco de pedra ou com algum cubo de arenito.

— O que você quer dizer com "eu estou começando a entender"?

— Lidar com a responsabilidade é uma habilidade como qualquer outra. É preciso prática, mas, o mais importante, é preciso ter fé em si mesmo para saber como e quando fazer a coisa certa — explicou a velha. — Às vezes, é o mais pesado dos fardos quando temos de fazer uma escolha difícil, e às vezes é a maior de todas as alegrias. Em ambos os casos, é preciso ter caráter e fé em si mesmo para arcar com a responsabilidade que se possui. E eu vejo que você aprendeu a ter fé em si mesmo e em seus amigos... principalmente na sua irmã, porque você não pode fazer tudo isso sozinho. Um líder sábio usa os pontos fortes das pessoas que tem ao seu redor.

Ela foi para o lado de Gameknight e olhou para ele, com um olhar tão intenso que parecia atravessá-lo.

— Mas e se eu não conseguir descobrir? — perguntou Gameknight, sacando a arma. Sua superfície cor-de-rosa parecia cintilar à luz da manhã. — Todo mundo está contando comigo, mas eu não sei o que fazer.

— Você ainda tem muito a aprender — disse ela, sacudindo a cabeça. — Tenha fé em si e naqueles que estão ao seu redor, pois a ajuda chegará do mais inesperado dos lugares. — Então o Oráculo pousou uma mão enrugada no ombro dele. — Olhe para a mais insignificante e humilde das criaturas, pois é lá que estará a sua salvação.

— O quê?

Mas ela não respondeu. Em vez disso, o Oráculo virou-se e começou a caminhar de volta até o templo.

— Vamos, você precisa entrar em um barco — disse Gameknight.

A NPC idosa sacudiu a cabeça, e seus cabelos grisalhos balançaram para trás e para frente.

— Não, o meu lugar é aqui — disse ela, olhando por cima do ombro.

— Mas os zumbis, eles vão...

— Eles não podem me prejudicar — respondeu ela.

— Mas e quanto a Herobrine...? Ele não vai voltar?
— Certamente.
— Você não tem medo dele? — perguntou Gameknight999.

Ela parou e virou-se para o Usuário-que-não-é-um-usuário.

— Herobrine não passa de uma criança mimada que nunca estará satisfeita com o que tem. — Ela se aproximou um passo. — Ele não é capaz me prejudicar, assim como não é capaz de prejudicar você.

— Mas eu não posso derrotá-lo em uma batalha... Ele é muito rápido.

— Então, não lute contra ele... pelo menos, não nos termos dele. Ele pode ser derrotado; você simplesmente tem que descobrir como. E, para fazer isso, você vai precisar de sabedoria e força.

— Você quer dizer que eu tenho que ficar mais forte?

— Não — respondeu ela. — Você só precisa de força de caráter e coragem para fazer o que é preciso fazer.

— Mas e a arma que você me deu, como faço...

— É o mesmo com a arma. Você precisa de caráter e sabedoria para saber como usá-la e, o mais importante, *quando*. — O Oráculo deu dois passos lentos e metódicos na direção de Gameknight, depois se inclinou tão para perto que as cabeças quadradas de ambos quase se tocaram. Movendo os lábios, que quase roçaram o ouvido dele, ela sussurrou numa voz rouca: — Você já sabe o que é a arma, você simplesmente ainda não abriu sua mente para essa nova possibilidade. Sabedoria, coragem e caráter, é isso que é necessário... o Usuário-que-não-é-um-usuário já possui estas características. Você simplesmente não percebeu...

ainda. Esperemos que, no momento crítico, quando tudo estiver por um fio, você entenda seu potencial e faça o que é necessário fazer... tudo depende disso.

— Mas e...

— Sem mais perguntas — interrompeu o Oráculo, dando um passo para trás. — Você deveria ouvir a sua irmã e aproveitar esta vitória. Você derrotou as aranhas, e agora está escapando da armadilha que Herobrine armou, para ter a chance de lutar outro dia. O Usuário-que-não-é-um-usuário realmente é aquele que irá salvar *Minecraft*.

A velha em seguida levou seu punho ao peito em uma saudação, depois virou-se e voltou lentamente para o templo.

Enquanto a observava se afastando, Gameknight pensou em tudo o que tinha acontecido. Ele tinha feito o que seu pai lhe dissera para fazer: cuidar de sua irmã. Ela estava segura, apesar de estar presa ali em *Minecraft*. Ele também cuidara de todos os NPCs... não, de sua família em *Minecraft*. Muitos deles tiveram de perecer, e ele se sentia responsável por todas as vidas que foram perdidas, mas fizera o seu melhor, e por isso Gameknight999 se sentia bem.

Talvez eu consiga lidar com esta responsabilidade, pensou. *Talvez o segredo para ser responsável pelos outros é apenas fazer o seu melhor e nunca desistir. É o que o papai está fazendo... tentando vender suas invenções para cuidar de sua família. Mas eu gostaria que ele estivesse em casa; eu realmente poderia usar sua ajuda agora.*

Entrou no barco, afastou-o para longe do litoral e começou a seguir os demais. Ao longe, ele viu um foguete riscar o céu e, em seguida, explodir lá no alto, fazendo uma exibição gigantesca de luz. Alguns dos barcos nas laterais da formação viraram-se ligeiramente para seguir aquele foguete. Artífice os estava usando para ajudar as embarcações a se manterem juntas, no mesmo curso. Ele sempre sabia o que fazer.

Olhe para a mais insignificante e humilde das criaturas, pois é lá que estará a sua salvação.

Espiando por cima do ombro, Gameknight viu o Oráculo olhando por uma janela no piso superior do templo. Ele acenou, enquanto o enigma dela ecoava em sua cabeça. Depois virou-se na direção dos fogos de artifício ao longe. E, quando olhou para todos os barcos diante dele, percebeu que aquelas eram todas as vidas que ele salvara... seus amigos... sua família. E, pela primeira vez em muito tempo, Gameknight999, o Usuário-que-não-é-um-usuário, relaxou.

SEEDS DE
O ORÁCULO DO TEMPLO DA SELVA

Eu me diverti bastante escolhendo ambientes bacanas e exóticos para Gameknight999 e seus amigos neste livro. Abaixo, listei algumas *seeds* que podem ser inseridas em *Minecraft*, de modo que vocês consigam ver as paisagens descritas na história! Eles funcionam com toda certeza em *Minecraft* 1.8, mas você precisa conferir se a versão que você usa suporta *seeds*.

Se precisar de um tutorial sobre *seeds*, basta fazer uma busca rápida no YouTube e encontrará todo o necessário. Você vai achar um monte de tutoriais sobre o assunto.

Capítulo 3
   Seed do aldeão: -770290065

Capítulo 4
   Seed do bioma da floresta coberta: 426309126

Capítulo 5
   Aldeia do deserto: 1264417242569508166

(Note que o templo do deserto está parcialmente enterrado ao lado dessa aldeia.)

Capítulo 7
Bioma da floresta de eucaliptos: -9101136179474925827

Capítulo 7
Bioma dos picos de gelo: -1603209754400422622

Capítulo 8
Seed do bioma das colinas extremas: -6113936998497547891

Capítulo 11
Fortaleza, logo abaixo da oficina do ferreiro: 5886950453418879987

Capítulo 15
Seed da selva: 1977385972517642323
É uma selva gigantesca, cheia de templos:
Templo: x = 507, y = 70, z = 189
Templo: x = -137, y = 79, z = -459
Templo: x = -138, y = 83, z = -665
Templo: x = 261, y = 73, z = -443
Templo: x = 1177, y = 73, z = -204
Templo: x = 1350, y = 96, z = 52
Templo: x = 200, y = 75, z = 245
Templo: x = -251, y = 80, z = 180

Capítulo 25
Litoral com colinas extremas: 3145708

NOTA DO AUTOR

Eu gostaria de agradecer a todos os que estão lendo os meus livros. É muito reconfortante receber os seus e-mails simpáticos no meu site, www.markcheverton.com. Eu tento responder a todos, mas às vezes os endereços de e-mail têm problemas e não consigo fazer isso. Peço desculpas; estou tentando corrigir essa situação.

Para aqueles que me dizem que meus livros os estão motivando a começarem a escrever os próprios, eu digo: VIVA! Escrever é uma coisa maravilhosa que às vezes pode ser empolgante e apavorante. É fácil começar e muito difícil terminar, mas se vocês não desistirem, descobrirão que são capazes de criar textos maravilhosos. Pode parecer ameaçador no início, mas descobri que o melhor modo de começar a escrever uma história é simplesmente começando... mesmo que você não tenha a menor ideia de para onde ela está indo. É sempre mais fácil editar algo que já existe do que criá-lo do zero. Comece a escrever e perceberá que a história se revelará para você... isso faz parte dessa experiência maravilhosa. Você nunca sabe no que vai dar até levar o lápis ao papel, ou os dedos ao teclado (eu uso os dois, às vezes). O segredo para escrever é escrever, e se você topar com um branco, escreva um pouco mais... sempre dá para consertar depois.

Lembre-se, você só pode conquistar aquilo que imagina ser capaz de conquistar. Se deseja escrever, então imagine você escrevendo... e depois escreva.

Escreva... escreva... escreva!

Procure por mim, *Monkeypants271*, e por *Gameknight999* nos servidores.

Continuem lendo... e cuidado com os creepers.

— Mark

Este livro foi composto na tipologia ITC Bookman Std,
em corpo 11/15,5, e impresso em papel off-white,
no Sistema Cameron da Divisão Gráfica
da Distribuidora Record.